KB132173

사회공포증의 인지치료

수줍음도 지나치면 병

권정혜 이정윤 조선미 공저

학지사

서 문

　이 책은 사회공포증의 인지치료과정을 상세하게 풀어 쓴 책이다. 사회공포증이란 사람들이 남들 앞에서 행동할 때 창피나 무안을 당할까봐 심한 불안을 느끼는 것을 말한다. 우리 나라에 사회공포증으로 인해 고통을 겪는 사람들이 많음에도 불구하고 이들을 위한 인지치료 지침서가 없었다. 그러던 차에 1996년 초 아주대학 병원 정신과의 임기영 교수와 조선미 선생, 정신과 개업의인 이범용 박사, 그리고 연세대학교 학생상담소의 이정윤 박사 등과 함께 사회공포증에 대한 연구모임을 시작하면서 많은 임상경험을 교환하였다.

　이 모임이 자극이 되어 이정윤 박사와 조선미 선생과 함께 사회공포증의 인지치료에 대한 책을 공동으로 저술하게 되었다. 저자들은 그 동안 서울 인지치료 상담센터, 대학병원, 대학상담소 등에서 인지치료를 시도해보았다. 치료에 참여했던 많은 분들이 도움을 받은 후 이런 치료가 있었다는 것을 좀 더 일찍 알았더라면 하는 아쉬움을 표시하였다. 이러한 아쉬움을 바라보면서 사회공포증에 대한 인지치료과정을 책으로 낸다면 보다 많은 사람들이 혜택을 받을 수 있지 않을까 하는 마음으로 책을 쓰게 된 것이다. 부족하지만 이 책이 밑거름이 되어 앞으로 더 훌륭한 인지치료 지침서가 나오길 기대해본다.

　이 책이 나오기까지 자신의 문제를 솔직하게 드러내놓고 치료

서문

에 진지하게 참여함으로써 저자들에게 확신과 용기를 준 많은 분들에게 무엇보다 깊은 감사를 드린다. 또 이 책을 쓸 수 있도록 끊임없는 격려를 보내주신 임기영, 이범용 두 선생님께 이 기회를 빌어 다시 한 번 감사드린다.

저자들은 이 책을 쓰면서 공동으로 저술하는 것이 얼마나 보람찬 일인지 실감하곤 했다. 이 책을 붙들고 2년이 넘게 씨름하는 동안 각자가 서로에게 큰 응원군이 되었고, 또 가장 중요한 비판자가 되었다.

이 책의 초고를 심리학자가 아닌 일반인의 입장에서 읽고, 많은 조언을 해준 이영란님과 홍미숙님께 감사드린다. 또한 삽화를 그려준 장근영님과 편집을 도와준 윤재희님께 감사드린다. 마지막으로 출판을 허락해주신 학지사 김진환 사장님과 이 책이 나오기까지 수고해준 편집부 박현주님께도 감사를 드린다.

1998년 5월
하나님께 감사드리며
저자 대표 권정혜

차례

차례

차례

차례

차례

수 · 줍 · 음 · 도 · 지 · 나 · 치 · 면 · 병

■

제1부
사회공포증이란
무엇인가

1
수줍음도 지나치면 병이 되는가

지금 막 공연이 시작되는 무대가 있습니다. 막이 오르면서 무대 위에는 조명이 켜지기 시작하였고, 관객들은 숨을 죽인 채 연극이 시작되기를 기다리고 있습니다. 무대 뒤에는 분장을 마치고 차례를 기다리는 배우가 있습니다. 배우는 무대 앞을 바라봅니다. 물론 무대를 비추는 강렬한 조명 때문에 무대 저편에 있는 관객들의 모습은 전혀 보이지 않습니다. 그러나 배우는 보이지 않는 그 어두운 공간 속에 날카로운 시선과 곤두세운 귀들이 얼마나 많이 있는지를 상상하며 긴장하기 시작합니다. 너무 긴장한 나머지 관객들이 배우의 일거수 일투족을 관찰하려고 온 것이 아니라는 사실을 간과하게 됩니다. 배우는 모든 스포트라이트가 자신에게만 집중되어 사소한 손 움직임 하나, 놓친 대사 한 마디까지도 관객들이 모두 알아차릴 것만 같습니다. '다행히 연극이 끝날 때까지 아무런 실수없이 연기를 해낸다면 모르지만 만일 한 가지라도 실수를 한다면 다시는 내가 출연하는 연극을 보러오지 않을거야.' 많은 사람들이 자신의 연기를 보기 위해 왔다는 사실이 한편으로는 자랑스럽기도 하지만 그만큼 마음의 부담은 커집니다.

세익스피어는 우리가 살아가는 매일매일도 극장의 무대와 비슷하다고 하였습니다. 물론 실제 배우처럼 다양한 인물의 연기를 해야 할 필요는 없겠지만, 그래도 만나는 사람이나 상황에 따라서 다른 역할들을 수행해야 하는 경우가 많습니다. 연인으로서의 다정한 모습을 보여주어야 할 때도 있고, 직장인으로서 상사 앞에서 의견을 말해야 할 경우도 있고, 또 물건을 사러갔을 때는 조금이라도 더 좋은 물건을 사기 위하여 이모저모 따져보는 고객의 역할을 하기도 합니다. 그 중에는 많은 사람들 속에 묻혀 개인의 존재가 그리 잘 드러나지 않는 경우도 있겠지만 연극의 주인공처럼 남들의 이목이 모두 집중되는 그런 상황에 놓일 때도 있을 것입니다. 그런 상황에 처하게 되면 정도의 차이는 있을지라도 누구든지 불안해지는 것은 자연스러운 반응입니다.

심지어 대단한 스타들처럼 우리가 남들의 이목을 받는 데 익숙할 것이라고 짐작하는 사람일지라도 실제로는 무대불안을 느낀다고 이야기하고 있습니다. 외국의 예를 든다면 우리가 잘 아는 마돈나, 마이클 잭슨, 파바로티 같은 대중적인 슈퍼스타들도 무대불안을 느낀다고 고백했으며, 심지어 어떤 유명한 배우는 30년 가까이 일부러 생방송을 피했다고 합니다. 우리 나라에서도 대마초 때문에 문제가 된 한 연예인이 남들의 이목이 집중되는 것에 대한 부담을 견디기 어려워서 대마초를 피웠고, 특히 라이브 공연처럼 관객들과 직접 마주 대해야 하는 경우에는 더욱 불안했다고 고백한 기사가 보도된 경우도 있습니다. 이처럼 다른 사람 앞에서 어느 정도 수줍음이나 불안을 느끼는 것은 자연스럽고 아주 일반적인 현상이지만 불안 정도가 너무 심하게 되면 생활에 심각한 지장을 초래하여 큰 문제가 됩니다. 이처럼 사회공포증이란 남들이 자기를 유심히 지켜볼지도 모르는 상황에서 어떤 일을 할 때 지나치게 긴장하고 심한 불안을 느끼는 것을 말합니다.

다음에 소개되는 사례*를 통해 사회공포증을 가진 사람들이 불안을 얼마나 심하게 느끼는지, 또 이로 인해 일상생활에 얼마나 지장을 받게 되는지 살펴보겠습니다.

원래 내성적이고 남들 앞에 나서기 싫어하는 박군은 고등학교 때부터 반에서 책을 읽어야 한다든가 발표를 할 때 심하게 떨리는 것 때문에 오랫동안 고민해왔습니다. 대학교 2학년 때 한번은 수업시간에 발표를 하다가 너무 떨려서 목소리가 울먹이는 것처럼 나오게 되었고, 그 뒤로 수업시간에 얼굴을 들 수 없었다고 하였습니다. 그 이후 박군은 발표를 시킬 것 같은 강의는 아예 수강신청을 하지 않고 피해왔는데, 4학년이 되자 대부분의 강의가 세미나식으로 진행되어 휴학을 할까 심각하게 고민하게 되었습니다. 뿐만 아니라 어느 때부터인지 같은 과 친구들과 이야기할 때도 가슴이 두근거리고 온몸이 떨려서 여럿이 어울리는 자리는 피하게 되었습니다. 최근에는 자신의 눈매가 너무 날카롭고 뻣뻣해서 길에서 우연히 지나치는 사람들도 불안하게 만든다고 생각하게

---

* 앞으로 이 책에서 소개되는 모든 사례들은 개인의 비밀을 보장하기 위하여 인적 사항을 변경시켰으며, 경우에 따라서는 여러 사례들의 특징을 합쳐서 하나의 사례로 제시한 것도 있습니다.

되었습니다. 그래서 다른 사람이 시야에 들어오면 눈을 아무 방향으로도 돌리지 못하고 눈에 힘이 더 들어가 사람들을 똑바로 쳐다보지 못하게 되었습니다. 남들이 이런 자신의 모습을 이상하게 볼 것 같아 이제는 버스나 지하철을 타는 것도 몹시 신경이 쓰인다고 호소하였습니다.

박군은 강의를 함께 듣는 과 친구들 앞에서 뿐 아니라 버스나 지하철, 길에서 우연히 지나치는 사람들 앞에서도 심한 불안을 느끼며, 이들을 피하고 있습니다. 사회불안이나 수줍음이 이 정도가 되면 이것은 이미 정상적인 범위를 넘어서서 장애가 된다고 할 수 있습니다. 즉 수줍음도 지나치면 병이 될 수 있습니다. 사회공포증은 흔히 대인공포증, 무대공포증, 연단공포증이라고도 불리며 때로는 발표불안, 이성(데이트)불안 등으로 불리기도 합니다. 그러나 정확한 학술용어와 진단명은 사회공포증으로, 위에서 나열한 여러 종류의 불안이나 공포증을 통틀어서 일컫는 것입니다.

심한 수줍음과 사회공포증은 같은 것인가?

　　사회공포증과 수줍음은 같은 것일까요? 아니면 질적으로 다른 내용을 의미하는 것일까요? 사회공포증에 대한 명확한 개념이나 진단범주가 확립되기 전에는 수줍음과 사회공포증이 뚜렷하게 구분되지 않은 채 사용되었습니다. 대부분의 사회공포증 환자들은 자신을 수줍음이 많은 사람이라고 생각하였고, 또 연구자들도 수줍음이라는 용어가 사회공포증을 잘 설명해주는 것이라고 생각해왔습니다. 지금까지도 우리는 흔히 사회공포증, 대인공포증이라고 하면 남 앞에 잘 나서지 않고 수줍음이 많은 사람을 연상하게 됩니다. 그렇지만 실제로 수줍음과 사회공포증에는 공통점도 있고 차이점도 있습니다. 우선 수줍음이 많은 사람과 사회공포증을 보이는 사람 간에는 다음과 같은 유사점이 있습니다.

　　첫째, 사람들 앞에 나설 때 부정적 평가를 두려워한다.
　　둘째, 낯붉힘, 심장박동의 증가, 근육의 긴장, 땀흘림 등의 신체적 변화가 일어난다.

이런 공통점이 있기는 하지만 어떤 사람이 수줍음이 많다는 것과 사회공포증을 가지고 있다는 것 사이에는 큰 차이가 있습니다. 즉 수줍음이란 비교적 정상적인 범위 내에서 남들 앞에 잘 나서지 않고 소극적이며, 부끄러움을 잘 타는 성격을 지칭할 때 쓰는 말입니다. 여기에 비하여 사회공포증은 분명한 장애를 의미하는 말입니다. 사회공포증을 가지고 있는 사람은 단순히 수줍음이 많은 사람에 비하여 생활에 지장을 훨씬 더 많이 받고 회피행동을 보다 많이 보입니다. 또 다른 차이는 수줍음의 경우 이것을 느끼는 사람에 따라 다양하게 정의되며 특별한 기준이 없지만, 사회공포증은 명백한 진단준거를 가지고 있다는 점입니다. 따라서 수줍음은 사회공포증보다 여러 종류의 이질적인 사람들을 포함하며, 수줍음이 많은 사람 중에는 사회공포증과 중복되는 사례들이 있을 수 있습니다.

사회공포증의 증상은 무엇인가?

　사회공포증이란 남들이 자기를 유심히 지켜볼지도 모르는 상황에서 어떤 일을 할 때 지나치게 긴장하고 심한 불안을 느끼는 것이라고 하였습니다. 그렇다면 지나치게 긴장하고 불안을 느낀다는 것은 구체적으로 어떤 느낌, 어떤 경험을 가리키는 것일까요? 사회공

포증을 보다 잘 이해하기 위해서는 그 구체적인 증상을 알아볼 필요가 있습니다.

다음에 제시하는 윤양의 사례는 사회공포증의 증상이 어떻게 나타나는지를 보여주는 것입니다.

윤양은 26세의 미혼여성으로 장래가 촉망되는 클라리넷 연주가입니다. 재작년에 음대를 졸업하고, 현재 모 악단에서 클라리넷을 연주하고 있으며, 교회나 모임 등 특별한 행사에서도 자주 연주를 합니다. 그런데 윤양은 음대를 다닐 때부터 연주 때만 되면 마음이 불안하고 초조해지고, 너무 긴장되어, 그 자리를 뛰쳐 나오고 싶은 때가 한두 번이 아니었다고 호소합니다. 몹시 불안할 때는 손가락이 뻣뻣해져 잘 움직이지 않기도 하였고, 클라리넷을 부는 도중에 머리가 흔들릴 정도로 떨린 적도 있었다고 합니다. 그뿐 아니라 연주 도중에 악보를 잊어버릴 것만 같고, 조금만 실수를 해도 남들이 틀림없이 알아차렸을 것이라고 생각되어 연주회가 끝나면 마음이 울적해진다고 하였습니다. 윤양은 한동안 친구의 소개로 약을 먹어보기도 했지만, 약의 효과는 잠시뿐이었고, 걱정이 마음 속에서 떠나지 않았다고 합니다. 윤양은 차라리 연주가로서의 미래를 포기해야 되겠다고 고민하던 차에 선배의 권유로 상담소를 찾아오게 되었습니다.

박군이나 윤양이 공통적으로 보이는 증상은 다른 사람들 앞에 나설 때 실수하여 망신을 당할까봐 지나치게 긴장하고 불안해 한

얼굴이 붉어지는 것은 일종의 유화(柔和)신호

 사회공포증을 가진 사람 중에는 남들 앞에서 얼굴이 붉어지는 것 때문에 고민하는 사람이 많습니다. 어떤 사람은 얼굴과 목, 귀 등이 갑자기 붉어지는가 하면, 어떤 사람은 가슴에서부터 붉은 얼룩이 서서히 목과 얼굴로 올라가는 사람도 있습니다. 대부분의 사람들은 자신의 이미지가 손상될 때만 얼굴이 붉어진다고 생각하지만, 칭찬을 받을 때나 남들이 생일노래를 불러줄 때와 같이 의외의 관심을 받게 되어 당황하게 될 때에도 얼굴이 붉어집니다.
 그렇다면 바라지 않던 관심을 받을 때 사람들은 왜 얼굴이 붉어지게 될까요? 여기에 대한 확실한 답은 아직 밝혀지지 않았지만, 침팬지나 비비 같은 영장동물들의 행동을 잘 관찰해보면 그 실마리를 찾을 수 있습니다. 사회적 지위가 낮은 침팬지는 지위가 더 높은 침팬지로부터 사회적 위협을 받게 될 때 시선을 피하거나 상대방을 옆으로 비껴 바라보면서 이를 드러내고 쑥스럽게 웃는다고 합니다. 이런 행동은 위협적인 상대방을 진정시키는 효과를 가져오기 때문에 유화신호라고 불립니다. 침팬지가 유화신호를 보낼 때의 행동들은 사람들이 얼굴을 붉힐 때 보이는 행동과 다음과 같은 점에서 비슷합니다.

첫째, 사람들도 얼굴을 붉힐 때는 시선을 돌리고 시선을
계속 맞추지 않는다.
둘째, 얼굴을 붉힐 때 어색한 웃음을 짓게 되는 경우가
많다.

이런 웃음은 당황할 때 거의 자동적으로 나타나 상대방에
게 자신이 곤란하게 느낀다는 것을 알리는 역할을 합니다.
이처럼 얼굴을 붉히는 행동은 시선을 피하고 어색하게 웃는
행동과 같이 일어난다는 점으로 볼 때, 사람에게도 유화신
호로 작용할 가능성이 충분히 있습니다. 실제로 영장류들간
에는 한 동물이 유화신호를 보내면 상대방 동물이 위협적인
몸짓을 거두고 관심을 딴 데로 돌린다고 합니다. 사람의 경
우도 마찬가지로 얼굴을 붉히면 상대방이 관심을 줄이거나
시선을 딴 데로 돌리게 됩니다. 이러한 관찰결과는 사람이
왜 얼굴을 붉히는가를 이해하는 데 중요한 단서를 제공해줍
니다.

1장 수줍음도 지나치면 병이 되는가
·

다는 것입니다. 사회공포증을 가진 사람들이 두려워하는 대표적인 상황은 여러 사람들 앞에서 발표를 하는 때와 같이 다른 사람의 시선을 집중적으로 받는 때입니다. 그 밖에도 사람들이 많이 있는 곳에서 식사를 한다거나 다른 사람 앞에서 글씨를 쓸 때, 지하철이나 버스 안에 있을때, 또는 남자들의 경우 공중 화장실에서 소변을 볼 때와 같이, 어떤 상황이든지 다른 사람들이 자신의 행동을 주시하고 평가할지 모른다고 느끼는 상황에서 심한 불안을 느낍니다.

이때 마음 속으로 긴장되고 초조하고 불안을 느끼는 증상뿐 아니라 대부분의 경우 얼굴이 붉어진다든지, 가슴이 뛴다든지, 목소리가 떨린다든지, 손에 땀이 난다든지, 숨이 막힌다든지 하는 여러 가지 신체증상이 함께 나타납니다. 사회공포증이 있는 사람들에게 두드러지게 나타나는 또 다른 증상은 이들이 불안을 느낄 만한 상황을 점차로 회피하게 된다는 점입니다. 윤양이나 박군의 예에서 볼 수 있듯이 처음에는 연주회나 강의, 동창회, 친척모임과 같이 사람들이 많이 모이는 곳에 가지 않다가 점차 친구들끼리 모여 커피를 마시는 자리나 작은 술자리까지도 피하게 됩니다. 심지어는 외딴 곳에서 혼자 살 정도로 회피증상이 아주 심한 사람도 있습니다.

사회공포증의 진단기준은 무엇인가?

　우리는 앞에서 사회공포증이란 어떤 문제인지, 어떤 증상을 보이는지 살펴보았습니다. 혹시 여러분 자신도 비슷한 문제를 가지고 있다고 느끼지는 않았습니까? 그렇더라도 지금까지의 설명만을 가지고 자신이 사회공포증인지 아닌지를 진단내리기는 어려울 것입니다. 이번에는 어떤 증상들을 얼마나 보이는 사람을 사회공포증으로 진단내리는지 좀 더 구체적으로 알아보겠습니다.

　사회공포증이라는 병이 정신과 의사나 임상심리학자 같은 전문가의 관심을 받기 시작한 것은 비교적 최근의 일입니다. 따라서 정신과적 장애의 범주 내에 정식으로 자리잡게 된 것도 1980년 이후부터입니다. 사회공포증의 진단기준은 시간이 흐르면서 여러 번 수정되었고, 최근에는 미국 정신의학회(American Psychiatric Association)가 정한 진단 및 통계 편람 제4판(DSM-IV, 1994)에서 제시하는 진단기준을 가장 많이 사용하고 있습니다(28쪽 참조).

여러분이 병원이나 상담소를 찾아가게 되면 이같은 기준을 가지고 사회공포증을 가지고 있는지의 여부를 판단하게 됩니다. 그렇다면 어떤 식으로 진단이 내려지게 되는지 구체적인 사례를 통해 알아보겠습니다.

이군은 고등학생으로 지난해부터 남에게 말 못할 어려움으로 많은 고민을 해왔습니다. 이군은 비교적 착실하고 성적도 우수한 학생으로 주변에서는 모범생으로 칭찬받고 있습니다. 그러던 중 입시준비로 작년부터 학원에 다니기 시작하였는데 언젠가 옆에 앉은 한 여학생이 친구에게 어디선가 땀냄새가 난다고 말하는 것을 들었습니다. 이 이야기를 들은 이군은 갑자기 그 이야기가 자신을 두고 하는 것처럼 느껴졌으며, 당황한 나머지 집에 일찍 돌아왔습니다. 그길로 돌아와 목욕을 한 이군은 가족들에게 자신에게서 무슨 냄새가 나지 않느냐고 물었고, 가족들은 무슨 엉뚱한 소리를 하느냐는 반응을 보였습니다. 그러나 그 이후로 버스를 타면 사람들이 자기 냄새 때문에 다른 자리로 피하는 것 같고, 학교에서도 친구들이 자기를 보고 수근거리는 것 같아 늘 가슴이 두근거리고 불안하기 이를 데 없었습니다. 그러다 보니 자연 수업에 집중하지 못하게 되고 성적도 많이 떨어지게 되었습니다. 본래 이군의 성격이 그리 적극적이거나 활발한 편은 아니었지만 남들과 만나기를 그렇게 꺼릴 정도는 아니었습니다. 그런데 이제는 다른 사람들과 함께 있게 되는 자리라면 무조건 피하게 되었고, 심지어는 가까웠던 친구들조차도 잘 만나려 하지

사회공포증의 진단기준

1. 사회공포증 환자는 낯선 사람들을 대하거나 다른 사람들의 주목을 받게 되는 한 가지 이상의 사회적 상황에서, 강력하고 반복적인 공포를 느낀다. 특히 환자는 자신이 불안해 한다는 것이 드러나거나, 창피나 무안을 당할 어떤 행동을 하게 되지 않을까 해서 두려워한다.
2. 사회공포증 환자는 자신이 기피하는 상황에 처하게 되면 거의 예외없이 불안해 하며, 때로는 공황발작*을 일으키기도 한다.
3. 사회공포증 환자는 이러한 불안감이 비합리적이거나 과도한 것이라는 사실을 깨닫고 있다.
4. 사회공포증 환자는 그런 상황을 기피하거나, 심한 고통이나 불안을 겪으며 견뎌내고 있다.
5. 사회공포증 환자는 이러한 공포증으로 인해 심한 고통을 받고 있거나 일상생활, 사회생활, 직장생활 그리고 개인적 기능에 심각한 장애를 겪고 있다.
6. 18세 이하인 경우에는 6개월 이상 증상이 지속되어야 진단을 내릴 수 있다.

---

* 공황발작이란 짧은 기간 동안에 심장이 뛰거나 가슴이 답답해지면서 숨이 막혀 죽을 것 같이 느끼며 극도로 심한 불안을 경험하는 현상입니다.

않게 되었습니다.

사회공포증 여부를 알아보기 위해서는 이군이 보이는 증상을 진단기준과 비교해보아야 합니다. 우선 이군은 학원, 학교, 버스 등 다양한 상황에서 창피나 무안을 당할까봐 두려워하고 불안해 합니다. 이군은 낯선 사람뿐 아니라 친구들을 만나는 것조차 피하고 있으며, 그런 상황에 처하게 되면 예외없이 항상 불안을 느낀다고 하였습니다. 이것은 진단기준 1, 2항을 만족시키는 것입니다. 그리고 이군은 이런 불안을 느끼는 것이 정상적이지 않다는 사실을 알고 있으며, 무엇인가 자신에게 문제가 있다고 생각하고 있습니다. 그래서 무슨 수를 써서라도 자신이 불안하다는 것을 숨기기 위하여 안간힘을 쓰고는 있지만 이렇게 하는 것이 얼마나 힘든지 모릅니다. 이같은 사실은 진단기준에 열거된 내용 중 3, 4항을 만족시키는 것입니다. 이군의 문제는 작년부터 시작되어 지금에 이르고 있으며, 이런 문제 때문에 성적도 떨어지고, 대인관계에서도 심각한 어려움을 겪고 있기 때문에 5, 6항도 이군에게 해당되는 사항입니다. 따라서 이군의 경우 사회공포증이라고 진단을 내려도 큰 무리가 없습니다.

이런 식으로 진단기준을 자신에게 적용시켜보면 자신의 문제가 사회공포증에 해당하는지를 알아볼 수 있습니다. 그렇지만 이러한 진단기준은 주로 훈련받은 전문가들이 사용하는 것이고 일반인이 사용하기에는 어려울 수 있습니다. 그래서 일반인이 스스로 사회공포증인지 아닌지 평가해보기 위해서는 사회공포증을 측정하는 질문지를 사용해볼 수 있습니다.

일반적으로 많이 쓰이는 질문지로는 미국 심리학자인 왓슨과 프렌드가 1969년에 개발한 사회적 회피 및 불편감 척도를 들 수 있습니다. 이 척도는 병원이나 상담소에서 사회공포증을 진단하거나 사회공포증을 연구하는 데 많이 쓰이고 있습니다(30-31쪽 참조).

우리 나라에서도 이 척도를 가지고 어느 정도 점수를 받으면 사회공포증으로 진단내릴 수 있는지에 대하여 연구한 것이 있습니다. 이 연구에 의하면 일반인의 경우 28~60점이면 사회공포증이 없는 것으로, 61~76점이면 약한 정도의 사회공포증으로, 77~92점이면 중간 정도의 사회공포증으로, 93~140점이면 심한 정도의 사회공포증으로 볼 수 있습니다. 이같은 질문지를 직접 해보면 자신의 사회공포증이 어느 정도 수준인지 객관적으로 파악할 수 있을 것입니다.

사회적 회피 및 불편감 척도

다음 문항을 잘 읽고 자신을 잘 나타내는 정도에 따라 오른쪽 숫자에 표시해주십시오. 즉 자신을 가장 잘 나타내는 것은 5, 자신에게 전혀 해당하지 않으면 1로 표시하면 됩니다.

1. 익숙치 않은 사회적 상황에서도 편안함을 느낀다.　　1-2-3-4-5
2. 사람들과 적극적으로 어울려야 하는 자리는
   피하려고 한다.　　　　　　　　　　　　　　　1-2-3-4-5
3. 낯선 사람들과 함께 있을 때 쉽게 마음이 편안해진다. 1-2-3-4-5
4. 특별히 사람들을 피하고 싶은 생각은 없다.　　　　1-2-3-4-5
5. 사람들과 어울리는 모임에서 종종 당황함을 느낀다. 1-2-3-4-5
6. 사람들과 어울리는 모임에서 대개 차분하고 편안하다. 1-2-3-4-5
7. 이성에게 말을 걸 때 대체로 마음이 편하다.　　　1-2-3-4-5
8. 잘 알지 못하는 사람에게 말 거는 것을 피하려 한다. 1-2-3-4-5
9. 새로운 사람과 만날 기회가 생기면 자주 응한다.　1-2-3-4-5
10. 우연하게 남녀가 같이 모이는 자리에서 종종
    예민해지고 긴장된다.　　　　　　　　　　　1-2-3-4-5
11. 사람을 잘 알게 되기 전까지는 같이 있는 것이
    긴장된다.　　　　　　　　　　　　　　　　1-2-3-4-5
12. 많은 사람들과 어울릴 때 보통 편안함을 느낀다.　1-2-3-4-5
13. 사람들로부터 떨어져 있고 싶을 때가 자주 있다.　1-2-3-4-5
14. 모르는 사람들 속에 있으면 보통 마음이 편치 않다. 1-2-3-4-5
15. 사람을 처음 만날 때 대체로 편안함을 느낀다.　　1-2-3-4-5

16. 사람들에게 소개될 때 긴장하고 마음을 졸인다.　1-2-3-4-5
17. 방에 낯선 사람이 꽉 차 있어도 거리낌없이
　　들어갈 수 있다.　1-2-3-4-5
18. 사람들이 모여 있는 데 다가가서 어울리는 것을
　　피하고 싶다.　1-2-3-4-5
19. 윗사람이 나와 이야기하기를 원하면 거리낌없이
　　응한다.　1-2-3-4-5
20. 많은 사람들과 어울릴 때 신경이 예민해진다.　1-2-3-4-5
21. 사람을 피하려는 경향이 있다.　1-2-3-4-5
22. 파티나 친목회에서 기꺼이 사람들에게 말을 건넨다.　1-2-3-4-5
23. 사람들이 많이 모인 집단에서는 좀처럼 마음이
　　편하지 않다.　1-2-3-4-5
24. 사람들과 어울려야 하는 약속을 피하려고 자주
　　핑계를 생각해낸다.　1-2-3-4-5
25. 때때로 사람들을 소개시켜주는 책임을 맡는다.　1-2-3-4-5
26. 공식적으로 사람들과 어울려야 하는 모임은
　　피하려고 한다.　1-2-3-4-5
27. 사람들과 어울려야 하는 약속이면 대체로 다 지킨다.　1-2-3-4-5
28. 다른 사람들과 쉽게 편해질 수 있다.　1-2-3-4-5

사회적 회피 및 불편감 척도의 총점은 각 문항에 체크된 수치를 모두 더한 점수입니다. 단, 문항 1, 3, 4, 6, 7, 9, 12, 15, 17, 19, 22, 25, 27, 28은 6에서 체크한 숫자를 뺀 후 이 숫자를 더하십시오.

예를 들어 체크한 수치가 2이면 6-2=4점으로 계산하여 모두 더하십시오.

얼마나 많은 사람들이 이런 문제를 겪는 것일까?

사람들은 어떤 문제로 고통을 겪고 있을 때 나만 이런 어려움을 당하고 있다고 생각하기 쉽습니다. 사회공포증도 예외는 아닙니다. 사회공포증을 가진 사람들은 대부분 자신의 사회공포증을 남에게 털어놓고 의논하거나 겉으로 드러내지 못하고 혼자서 고민합니다. 하지만 사회공포증은 대단히 흔한 문제입니다. 최근의 연구들을 종합해보면 우리가 살아가면서 사회공포증에 걸릴 확률(평생 발병률)은 적게는 4%에서 많게는 13%나 된다고 합니다. 이 수치는 정말로 많은 사람들이 사회공포증으로 고통을 받는다는 사실을 알려줍니다. 그렇다면 사회공포증 환자들이 실제로 이렇게 많은데도 불구하고 겉으로 잘 드러나지 않는 이유는 무엇일까요? 사회공포증인 사람들은 예외없이 남들이 나를 어떻게 평가할까에 대해 지나칠 정도로 신경을 쓰는 사람들입니다. 즉 남들에게 이상한 사람으로 보이면 어떡하나, 우스꽝스럽게 보이면 어떡하나, 불쾌감을 주면 어떡하나를 끊임없이 걱정하는 사람들입니다. 따라서 자신에게 사회공포증이라는 문제가 있어도 어떻게 해서든지 이를 숨기려고 합니다. 이런 이유로 사회공포증 환자들이 직접 정신과 의사나 임상심리학자에게 찾아가 도움을 청하는 일이 드물고, 따라서 환자 수도 실제보다 적은 것처럼 보입니다.

사회공포증은 대개 10대 중반부터 시작됩니다. 발병률에 있어서 남녀의 차이는 거의 없는 것으로 알려져 있습니다. 그러나 치료를 받으려는 사람 중에는 여자보다 남자가 훨씬 많습니다. 사회

1장 수줍음도 지나치면 병이 되는가?
•

생활에서 여자보다는 남자들에게 적극적인 역할을 요구하는 경우
가 많아, 남자들이 불편감을 느끼는 경우가 상대적으로 더 많기
때문입니다. 여자의 경우에는 이런 불편감이 남자보다는 적기 때
문에 자발적으로 치료받고자 하는 경우가 적습니다. 그러나 문제
가 있는데도 이를 고치려 하지 않기 때문에 대인관계나 사회생활
에서 상대적으로 손해를 보는 경우가 많습니다.

사회공포증은 문화에 따라 차이가 있는가?

사회공포증의 발병이나 증상이 문화에 따라 차이가 있다는 견해도 있습니다. 사회공포증이 서구의 정신의학계에서 주목받기 시작한 것은 20세기 말경부터였는데, 거의 같은 시기에 일본에서는 이같은 증상이 더 흔했다고 합니다. 최근에 와서 학자들은 문화적 차이에서 비롯된 임상적 양상의 차이에 상당히 많은 관심을 보이고 있습니다. 예를 들어 일본의 사회공포증은 미국의 사회공포증과 차이가 있으며, 순수한 사회공포증이 아니라 여러 가지 다른 증상이 혼합되어 있다고 보고 있습니다. 그리고 이같은 차이는 일본 고유의 문화적 특징에서 비롯된 것이라고 가정하는 학자들이 많습니다.

몇 년 전 한국과 미국, 일본, 중국의 정신의학자들이 모여 연구 결과를 발표한 결과, 일본의 사회공포증 특성은 일본에만 국한된 것이 아니라 한국이나 중국의 사회공포증에도 같은 특징이 나타나는 것으로 밝혀졌습니다. 즉 일본 고유의 특징이 아니라 동아시아 전역에 있는 나라 안에서 모두 비슷한 양상이 나타난다는 것입니다. 동아시아 국가의 사회공포증과 서구의 사회공포증을 서로 비교할 때 가장 뚜렷한 차이는, 서구의 사회공포증은 주로 '남들이 나를 불안하게 만들고 피해를 입힌다'는 식으로 자신이 타인에 의해 피해를 당한다는 식이 많고, 동아시아 국가에서는 그와 반대로 '내 시선이 너무 날카롭기 때문에 남들이 불편해 한다', '사람들이 나 때문에 어색해 하고 분위기가 안 좋아진다'는 식으로 내가 남들에게 피해를 주고 있다는 식의 생각을 많이 한다는 것입니다.

동양의 문화적 배경을 생각해볼 때 왜 이러한 차이점이 생겼는지는 어렵지 않게 이해할 수 있습니다. 동양에서는 아이들에게 나보다 남을 먼저 생각하고 자기주장을 하기보다는 윗사람에게 순종을 하도록 가르치는 반면, 서구에서는 아이들의 독립성이나 자율성, 자기주장적인 태도를 중요시합니다. 또한 언어습관만 하더라도 서구에서는 대상에 관계없이 동일한 호칭이나 어법을 사용하는 데 비하여, 동양에서는 고도로 복잡한 경어의 체계가 발달하여 대상에 따라 다른 말투를 사용하도록 되어 있습니다.

따라서 개인중심적인 사고를 하도록 교육받은 서구사회에서는 개인의 권리와 주체성이 침범당하는 것에 보다 민감할 것이고, 다른 사람들의 평가나 사람들과의 관계를 중시하도록 교육받은 동양문화 속에서는 내 권리를 주장하는 것보다는 내가 다른 사람에게 폐를 끼치지는 않았나 하는 점에 더욱 신경을 쓰게 됩니다.

사회공포증은 기본적으로 대인관계에서 일어나는 문제이기 때문에 문화의 영향을 받는 것은 당연하며, 그 치료에 있어서도 서구의 것을 답습하기보다는 우리에게 맞는 치료법을 개발하는 것이 중요합니다.

2
사회공포증의 원인은 무엇인가

일반적으로 사람들은 자신에게 어려운 문제가 생기면 그 원인을 알고 싶어합니다. 사회공포증을 가진 사람들도 누구나 한두 번쯤은 '도대체 나에게 왜 이런 일이 일어나는가'에 대해 생각해 보았을 것입니다. '이게 혹시 유전된 것은 아닐까', '내 성격 탓일까', '부모님이 너무 엄하게 키워서 이렇게 된 것은 아닐까' 등 여러 가지 가능성을 생각해보았을 수 있습니다. 그러나 아직까지는 전문가들 사이에 사회공포증의 원인에 대해 일치된 의견이 없습니다. 전문가들의 공통된 의견이 있다면, 사회공포증의 원인은 다양하며, 그 중에서 뚜렷하게 하나만을 고집할 수 없다는 정도입니다.

그러나 사회공포증의 원인을 정확히 알지 못한다고 해서 이것을 고칠 수 없다는 뜻은 아닙니다. 병의 원인을 아는 것과 병을 치료하는 것은 별개의 문제입니다. 감기의 원인이 바이러스라는 것을 깨닫기 몇 백 년 전부터 우리는 감기를 고칠 수 있는 아니면 적어도 감기를 완화시킬 수 있는 여러 가지 방법들을 발견해냈습니다. 이것은 병의 원인을 모른다고 해도 지속시키는 요인이나 악화시키는 요인을 찾아내어 바로잡으면 병을 치료할 수 있다는 것

을 말해주는 단적인 예입니다. 사회공포증의 경우에도 아직 그 원
인에 대한 정설은 없지만 사회공포증을 지속시키고 악화시키는
요인에 대해서는 잘 알려져 있어 얼마든지 사회공포증을 치료하
거나 그 증상을 완화시킬 수 있습니다.

사회공포증은 어떻게 생겨나는가 ?

사회공포증의 원인으로는 우선 생리적인 요인과 심리적인 요인으로 나누어 생각해볼 수 있습니다. 생리적인 원인으로는 유전의 가능성을 들 수 있으며, 심리적인 원인으로는 사회공포증이 후천적으로 학습되었을 가능성을 생각해볼 수 있습니다. 우선 이 두 요인들이 어떤 과정을 통하여 사회공포증을 형성하는지 살펴본 후, 이렇게 형성된 사회공포증이 어떤 과정을 통해 지속되고 악화되는지에 대하여 살펴보겠습니다.

유전 때문에 사회공포증이 생겼을까?

우리는 가끔 외모를 가지고 부모 탓을 할 때가 있습니다. 내 코가 낮은 것은 우리 어머니 때문이고, 얼굴에 여드름은 우리 아버지 때문이며, 키가 작은 것도 우리 아버지를 닮았기 때문이라는 식으로 말입니다. 외모뿐 아니라 성격특성을 가지고도 부모 탓을 할 때가 종종 있습니다. 내가 대범하지 못하고 소심한 것은 우리 어머니가 소심하니까 그런 것이고, 성격이 급한 것은 우리 아버지의 불같은 성격을 쏙 빼닮아서 그런 것이라고 말입니다. 이처럼 우리가 지닌 여러 가지 특성을 두고 어머니를 닮았느니 아버지를 닮았느니 하면서 요모조모로 생각해보곤 합니다. 심리학자들에게도 이같은 의문은 언제나 중요한 쟁점이 되어왔습니다. 즉 유전이 우세하냐 환경이 우세하냐에 대한 논란은 시대를 두고 이어져 왔으며, 사회공포증의 경우도 이와 마찬가지였습니다.

결론적으로 말하면 외모나 성격특성이 부모를 닮아 유전되듯이, 내향적이거나 소심한 성격, 수줍어하는 성격, 타인의 평가나 비판에 민감한 성격 역시 유전될 수 있다는 것이 연구를 통해 밝혀졌습니다. 이런 연구 중에 대표적인 것은 유전자가 똑같은 일란성 쌍둥이와 유전자가 다른 이란성 쌍둥이를 대상으로 쌍둥이 형제 모두가 사회공포증인 비율이 얼마나 되는가를 조사해보는 것입니다. 연구결과 일란성 쌍둥이 중 한 명이 사회공포증일 경우 나머지 한 명도 사회공포증일 확률이 이란성 쌍둥이의 경우에서보다 높은 것으로 나타났습니다. 이같은 사실은 사회공포증의 발현에 유전적 요인이 작용할 가능성이 높다는 것을 말해줍니다.

한편 사회공포증이 유전되는지를 연구하기 위해서 사회공포증이 처음으로 발생한 사람을 대상으로 그의 부모와 형제, 자녀에게도 사회공포증이 나타나는지 살펴본 연구자들도 있습니다. 한 연구자는 사회공포증으로 진단된 17명과, 공황장애라는 사회공포증과는 다른 불안장애를 겪고 있는 88명, 그리고 아무런 불안장애를 겪고 있지 않은 10명을 대상으로 이들의 가족 중에 사회공포증을 가지고 있는 사람이 얼마나 있는지 조사하였습니다. 그 결과 사회공포증인 사람의 가족 내에 사회공포증을 가진 사람의 비율은 6.6%였으며, 공황장애인 사람의 경우에는 0.4%, 아무런 불안장애가 없는 사람의 경우에는 2.2%만이 가족 내에 사회공포증을 가진 사람이 있는 것으로 나타났습니다.

또 다른 심리학자는 가계 내에서 사회공포증으로 처음 진단된 30명과 불안증상이 전혀 없는 77명, 그리고 그들의 가족을 대상으로 비교적 자세하게 사회공포증 증상이 나타나는지를 직접 면접을 통하여 조사해보았습니다. 그 결과 사회공포증인 사람의 가족 내에서 사회공포증을 가진 사람이 있는 비율은 16%였으며, 불안증상이 전혀 없는 사람의 가족 내에서 사회공포증을 가진 사람의 비율은 단지 5%에 그쳤습니다.

위의 두 연구결과로 미루어볼 때 사회공포증 환자가 속해 있는 가계 내에서 사회공포증을 가진 다른 환자가 있을 확률은 불안증상이 없는 경우보다 대략 3배 가까이 높은 것을 알 수 있습니다. 이런 연구결과들은 모두 사회공포증에 유전적인 요소가 존재함을 입증하는 것이라 할 수 있습니다.

그렇다면 유전을 통해 어떤 성향을 물려받아 사회공포증이 발생하게 될까요? 첫번째로는 '행동억제 성향'이란 것이 있는데,

이것은 사람들이 새로운 대상이나 상황에 처할 때 반응을 잘 보이지 않고, 불안이나 두려움과 같은 부정적인 정서를 잘 경험하는 것을 의미합니다. 좀 더 쉽게 말하면 내향적인 성격특성이라고도 볼 수 있습니다. 이와 같은 행동억제 성향은 사회공포증인 사람들에게서 공통적으로 나타나는 심리적 특성으로 유전적으로 전달되는 것입니다.

두번째로는 '신경생물학적인 성향'을 생각해볼 수 있습니다. 우리의 뇌 속에는 불안을 담당하는 구조와 신경전달물질, 신경조절인자가 있으며, 사회공포증은 이러한 불안기제들의 기능 이상에서 비롯되었다는 주장이 있습니다. 또 이런 성향이 유전되는 것으로 밝혀져 있기는 하지만, 인간의 뇌는 아직도 신비에 싸여 있어서 어떤 방식으로 이런 성향이 전해지는지에 대해서는 아직 자세하게 밝혀져 있지 않습니다.

부모가 잘못 키웠기 때문에 사회공포증이 생겼을까?

사회공포증에 유전적인 요소가 작용하는 것은 분명하지만 유전과 환경은 항상 상호작용하기 때문에 유전이나 환경 하나만을 가지고 모든 현상을 다 설명할 수는 없습니다. 사회공포증이 나타나는 데 영향을 미치는 환경요인은 무엇보다도 가정환경, 부모의 양육방식 등을 생각해볼 수 있습니다.

사람이 태어나 성장하는 데 가장 큰 영향을 주는 사람은 부모입니다. 아기가 태어나 부모에게 전적으로 의존하면서 서서히 독

유전인가? 환경인가?

　유전이 우세한지 환경이 우세한지에 관련된 재미있는 동물 실험이 있습니다. 비교적 지능이 우수한 쥐들과 그렇지 못한 쥐들을 골고루 뽑은 다음 이들을 두 집단으로 나누어서 한 집단은 자극이 풍부한 조건에서 기르고, 또 다른 집단은 자극이 결핍된 조건에서 길렀습니다. 즉 우수한 쥐와 열등한 쥐를 또 다시 두 집단으로 나누어 한 집단은 환경을 풍부하게, 다른 한 집단은 환경을 결핍되게 조작하였습니다.

　그 결과 타고난 유전적 소인이 우수한 쥐의 경우 환경을 풍부하게 해주었을 때 타고난 우수한 능력이 더욱 향상되었으며, 결핍된 환경에서 자라게 했을 때는 타고난 우수한 능력이 보통수준까지 퇴보되는 결과를 보였습니다. 이에 비해 타고난 유전적 소인이 열등한 쥐의 경우에는 환경자극이 풍부하게 주어질 경우는 보통수준까지 능력이 향상되었고, 결핍된 환경에서 자라게 했을 때는 타고난 원래 수준 이하로 능력이 더욱 퇴보되는 결과를 보였습니다.

환경 유전	풍부한 환경	결핍된 환경
우수한 쥐	우수한 능력이 더욱 향상됨	보통수준의 능력 으로 퇴보됨
열등한 쥐	보통수준의 능력 까지 향상됨	능력이 더욱 퇴보됨

　이 결과는 유전이 우세하다고 해서 반드시 타고난 대로 우수하게 성장하는 것은 아니며, 반면 환경이 좋다고 해도 타고난 것과 관계없이 환경대로 되는 것은 아니라는 것을 잘 보여주고 있습니다. 즉 유전과 환경은 모두 중요하며, 이 두 요인은 서로 상호작용을 하며 영향을 미친다는 것을 시사해주고 있습니다.

립된 하나의 인격체로 성장하기까지 부모가 주는 영향은 매우 중요합니다. 우리가 주변에서 보듯이 활동적이고 사람 사귀는 것을 좋아하는 부모의 자녀들 역시 활동적이고 사교적인 경우가 많으며, 예의바른 부모의 자녀들 역시 예의바르게 성장하는 경우가 많습니다.

사회공포증 또한 부모의 영향을 받아 생겨난 것일까요? 부모가 잘못 키웠기 때문일까요? 이 질문에 대답하기 위해 이와 관련된 심리학적 연구들을 살펴보겠습니다. 부모의 양육태도에 관한 연구들에 의하면, 부모가 충분히 자녀에게 반응을 보이지 않고 따뜻하게 대해주지 않을 때 아동은 불안정감을 느끼게 되며, 이러한 불안정감은 결국 자기를 무가치하고 능력이 없다고 믿게 만듭니다. 우리는 자신감이라는 말을 많이 사용하는데 자신감이라는 것은 어린 시절 부모로부터 사랑을 듬뿍 받았을 때 그 기초가 튼튼하게 형성되는 것입니다. 아이는 태어났을 때 전적으로 무력합니다. 생존을 위해서 자기를 돌봐주는 사람에게 모든 것을 내맡길 수밖에 없습니다. 따라서 부모의 태도에 따라 자기를 보는 눈이 달라집니다. 자기가 무슨 일인가를 했을 때 부모로부터 잘 했다는 칭찬을 받으면 '아, 나도 괜찮은 사람이구나, 사랑받을 만한 존재구나'라는 의식을 은연중에 갖게 됩니다. 반면에 부모로부터 칭찬과 지지가 적으면 아이는 자신을 열등하고 가치없는 존재라고 생각하게 되며, 결국 사회적 상황에서 수줍음이나 사회공포증을 나타내게 될 가능성이 높아지는 것입니다.

또 다른 연구들에 의하면 부모가 자녀들에게 권위적이고 지시적으로 가르칠 때 아동의 수줍음이나 민감성이 더 커지게 된다고 합니다. 즉 일방적이고 지시적으로 교육받은 아이는 부모를 무서워하며 부모의 눈치를 살피게 되고, 부모의 기대수준에 억지로 맞추려 하게 됩니다. 이렇게 되면 아동은 자기 나이 또래에 맞게 행동하는 것이 아니라 부모의 기준에 맞추어 행동하게 되고, 성장해서도 항상 자신을 평가하는 기준을 자기 외부에 두고 남의 기준에 맞추어 살게 됩니다. 그러다 보니 늘 누군가가 자기를 지켜보고 평가한다고 생각하게 되어 결국 사회공포증이 유발되는 것입니다.

또한 다른 사람에게 자신이 어떻게 보일지에 대해 지나친 관심과 주의를 갖도록 부모가 가르쳤을 때에도 사회공포증이 생기게 될 가능성이 높다고 합니다. 자신의 행동이 적절한지 아닌지, 외모나 옷

2장 사회공포증의 원인은 무엇인가?
·

차림, 말투가 상황에 적절한지 아닌지에 대해 지나치게 관심을 갖게 만들면 남들을 감시자나 평가자로 보게 되어 사회공포증이 유발될 가능성이 커지게 된다는 것입니다. 이와 같이 다른 사람의 의견에 대해 지나치게 신경을 쓰는 부모들은 자녀가 부적절하고 미숙한 방식으로 행동할 경우 수치심을 느끼도록 교육을 하는 경향이 있다고 합니다.

마지막으로 부모 자신이 사람들과 어울리는 것을 좋아하지 않거나 사회성이 부족할 때, 이런 부모의 자녀들은 사회공포증을 가질 가능성이 높습니다. 왜냐하면 부모 자신이 사람들과 어울리는 것을 별로 안 좋아하기 때문에 자녀들에게도 다양한 사회적 상황에 노출할 기회를 주지 못하고, 따라서 아동의 사회적 관심과 활동이 제한되는 결과를 가져오기 때문입니다.

이상과 같은 연구결과에서 알 수 있듯이 부모의 양육방식이 사회공포증에 영향을 미치는 것은 분명합니다. 그러나 똑같은 부모 밑에서 성장한 자녀들이라 할지라도 서로 다른 성격을 가진 경우가 많습니다. 즉 위에서 언급한 것과 같은 성격이나 행동특성들을 지닌 부모 밑에서 자랐다고 해서 모든 사람이 다 사회공포증이 되는 것은 아닙니다. 따라서 유전으로 모든 현상을 다 설명할 수도 없고 그렇다고 부모의 영향으로 모든 현상이 다 설명될 수 있는 것도 아닙니다. 그렇다면 또 다른 어떤 요인들이 있을까요?

충격적인 경험 때문에 사회공포증이 생겼을까?

사회공포증을 가진 사람들 중 많은 사람들이 과거 어느 때인가 직접적으로 심리적인 충격을 받은 경험이 있었다고 보고합니다. 대체로 사람들 앞에서 어떠한 행동을 하다가 너무 떨리는 바람에 제대로 해내지 못했거나, 다른 사람으로부터 망신을 당했던 일이 포함됩니다.

사회공포증으로 치료를 받으러온 한 여자의 경우는 이렇습니다. 중학교 때 남자 선생님을 속으로 많이 좋아했는데 마침 수업시간에 그 선생님이 질문을 하여 대답을 하다가 너무 떨리는 바람에 대답을 제대로 하기는 커녕 그만 자리에 주저앉고 말았다고 합니다. 그때 선생님과 아이들이 웃은 것이 머리 속에 콱 박혀서 그 일이 있은 뒤부터는 학교 다니기도 싫어졌고, 친구들이 그때 일을 기억하고 있을 것 같아 친구들과도 멀어지고, 사람들 앞에 나서면 늘 불안했다고 합니다.

또 다른 남자의 경우 역시 사회공포증 치료를 받으러왔는데, 원래 성격이 조용하고 내성적인 편이라 그다지 남들 눈에 띄지 않고, 별 문제없이 중고등학교 시절을 보냈다고 합니다. 그런데 대학에 들어와보니 환경이 달라져서 이러한 자기 모습으로는 자율적이고 개방적인 대학생활에 적응하기가 쉽지 않았다고 합니다. 그래서 일부러 외향적이 되려고 애쓰고 적극적으로 자기를 드러내 보려고 노력하던 차에 마침 수업시간에 발표할 기회가 생겨 자원하게 되었습니다. 이 사람은 이번 발표가 친구들에게 자신을 알릴 절호의 기회라고 생각하며 잘 해야겠다고 준비도 많이 했는데 막상 발표를 하면서는 마음과는 달리 말을 더듬거리고 준비한 내용을 끝까지 읽지도 못한 채 황급히 자리로 돌아왔다고 합니다. 그때 심정은 쥐구멍이라도 있으면 숨어버리고 싶을 정도로 창피하고 수치스러웠으며, 이후로는 전보다도 더욱 사람들을 멀리하고 모임에도 일체 나가지 않게 되었다고 합니다.

또 다른 예는 사람을 만나는 것이 힘들어서 산 속에 들어가 십년 넘게 혼자 살고 있는 남자의 경우입니다. 이 사람은 어려서부터 수줍음이 많은 편이었는데, 사춘기 때인 중학생 무렵 친구들과 수영을 하고 난 후 어떤 남자 어른이 친구들에게 말을 거는데 웬지 그 남자의 얼굴을 똑바로 쳐다볼 수가 없었다고 합니다. 이 일이 있고 난 후에는 사람들이 모두 자기를 쳐다보는 것 같고 내 표정이 다른 사람들에게 어떻게 보일지 염려되어 사람들 앞에서 긴장하게 되었다고 합니다. 이 남자의 경우와 같이 어떤 사건이 객관적으로 보기에는 충격적 경험이라고 할 만한 것이 아니라도 당사자에게는 충격적 경험으로 받아들여져 사회공포증으로 발전될 수도 있습니다. 사회공포증인 사람들에게 사회공포증이 생기게 된 원인을 물었을 때 대체로 두 명 중 한 명은 이렇게 상처를 입은 경험으로 인해 사회공포증이 생겼다고 응답하였습니다. 이와 같이 개인의 충격적 경험은 사회공포증의 발생에 큰 영향을 미칩니다.

사회공포증은 어떻게 지속되는가?

앞에서 설명한 세 가지 요인들을 자세히 살펴보면 이것들은 모두 타고난 것이거나 이미 과거에 발생한 것들이므로 지금에 와서 돌이킬 수는 없다는 공통점이 있습니다. 따라서 이 요인들을 살펴보는 것은 사회공포증이 왜 생기게 되었나를 이해하는 데는 도움이 되지만 원인을 제거할 수는 없기 때문에 치료에 대하여 실마리를 제공하지는 못합니다. 이미 생겨난 사회공포증을 치료하기 위해서는 이 요인들이 지금 현재 그 사람에게 어떤 영향을 미치고 있는지를 파악하여 이것을 변화시켜야 합니다.

그림 2-1은 유전이나 부모의 양육방식, 충격적 경험과 같은 요인들이 어떻게 사회공포증을 발생시키는지를 설명하는 것입니다.

이같은 요인들은 일차적으로 개인의 사고방식에 지대한 영향을 미칩니다. 즉 개인이 자기 자신이나 사람들에 대해 가지고 있는 사고방식을 부정적인 방향으로 왜곡시켜 주위에서 일어나는 일들을

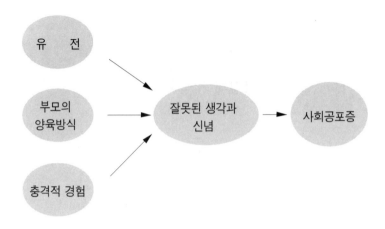

유　전

부모의
양육방식

잘못된 생각과
신념

사회공포증

충격적 경험

그림 2-1. 사회공포증의 원인

잘못 파악하게 만듭니다. 일단 잘못된 사고방식이 한번 생겨나면
여기에서 비롯된 잘못된 생각들은 몇 단계의 연결고리를 거치면
서 그 사람의 행동에 부정적인 영향을 주게 됩니다. 또 그 행동은
다시 그 사람이 갖고 있는 잘못된 생각들을 더욱 강화시켜주는 역
할을 하게 되고, 이런 식의 악순환이 여러 번 반복되다 보면 처음
에는 사소했던 생각들이 점점 더 확대되고 강화되어 결국은 사회
공포증이 굳어지게 됩니다.

　따라서 우리의 잘못된 사고방식이 어떤 악순환을 통하여 사회
공포증을 지속시키고 악화시키는지 각각의 연결고리를 정확하게
이해하게 되면 사회공포증을 없앨 수 있는 방법을 찾아낼 수 있습
니다.

악순환의 첫째 연결고리: 과도한 부담과 자신에 대한 과소평가

사회공포증을 가진 사람들은 사회적 상황에서 남들이 느끼는 것보다 훨씬 더 많은 부담을 느낍니다. 그 이유는 남들에게 흠잡히지 않고 좋은 평가를 얻어야 한다고 강박적으로 생각하기 때문입니다. 이런 생각은 보다 근본적으로 남들이 자신을 부정적으로 평가할까봐 두려워하는 데서 비롯된 것입니다. 이와 같이 남들에게 흠잡히지 않고 완벽하게 행동해야 한다는 기대에 따라 생활하는 것은 현실적으로 가능하지 않습니다. 또한 이런 생각을 가지고 행동하다 보면 남들은 대수롭지 않게 생각하는 일도 미리 걱정하고 긴장하게 됩니다.

뿐만 아니라 사람이 어떤 상황에서 완벽하게 행동해야 한다고 부담을 느끼게 되면 그만큼 자신의 능력을 과소평가하게 됩니다. 실제로 사회공포증인 사람들은 자신의 능력, 외모, 화술 등에 대하여 자신감이 없고 불만이 많습니다. 그런데 이 사람들을 실제로 보면 정말로 무능력하다기보다는 자신에 대한 기대수준이 높기 때문에 자신의 능력을 있는 그대로 보지 못하고 과소평가하는 경우가 많습니다.

악순환의 둘째 연결고리: 과도한 자기집중

이렇게 사회공포증인 사람들이 사회적 상황에 과도한 부담을 가지고 자신의 능력을 과소평가하게 되면 그런 상황에 부딪치기도 전에 막연하게 걱정하고 불안해 합니다. 이런 식으로 어떤 상황에 접하기도 전에 미리 그 상황을 상상하면서 불안을 느끼는 것을 예기불안이라고 합니다. 예기불안을 가지고 실제 상황에 접하게 되면 다른 사람보다 더 긴장하게 되고, 긴장된 자기 모습에 과도하게 신경을 쓰게 됩니다. 예를 들면 '얼굴이 빨개진 것은 아닐까', '목소리가 떨리는 것은 아닐까' 하는 식으로 주의를 자신에게 집중하면 실제로는 남들에게 드러나지도 않는 불안한 자기모습을 더욱 자각하게 됩니다. 그 결과 다른 사람들의 반응을 제대로 보지 못하게 되어 자기가 느낀 것이 바로 다른 사람들의 평가라고 믿어버리게 됩니다.

악순환의 셋째 연결고리: 결과에 대한 부정적 예상

자신에 대한 과도한 집중은 행동을 잘 하게 만든다기보다는 오히려 긴장되고 자연스럽지 못한 행동을 하게 만듭니다. 이러다 보면 자연히 평소보다 행동을 잘 못하게 되고 다른 사람들에게 좋지 못한 인상을 줄 수도 있습니다. 사회공포증인 사람들은 자신의 행동에 대해 실제로 사람들이 느끼는 것보다 훨씬 더 나쁜 인상을 주었다고 단정짓고, 그 상황이 끝난 후에도 자신의 형편없었던 모습을 되새기곤 합니다. 따라서 객관적인 입장에서 보았을 때는 약간 잘못하거나 실수한 일에 대해 도저히 회복할 수 없는 실패나 부정적인 인상을 남긴 것으로 생각하게 됩니다. 또 이런 일이 반복되면 자신의 능력을 더욱 과소평가하게 되고, 그럴수록 '잘 해야지' 하는 부담만 늘어나게 됩니다.

악순환의 넷째 연결고리: 회피행동

사람들은 누구나 힘들고 어려운 상황을 만나면 이를 피하고 싶어
합니다. 사회공포증인 사람들에게 사회적 상황은 남들에게 망신을
당하고 자신의 이미지가 나빠질 수 있는 괴롭고 두려운 상황입니다.
따라서 어떤 방법을 써서라도 그런 상황을 피하고 모면하고자 하는
것은 어찌 보면 당연합니다. 사회적 상황을 피하는 방법은 다양해서
아예 그런 상황에 가지 않는 적극적인 회피에서부터, 그런 상황에
갔다 하더라도 사람들의 시선을 피하거나 어울리지 않는 소극적인
회피까지 여러 형태가 있습니다. 그렇지만 회피행동이 반복되면 그
런 상황에 접할 기회가 점점 줄어들게 되고 잘못된 사고방식을 바로
잡을 기회도 줄어들어 사회공포증이 더욱 심해지게 됩니다.

지금까지 살펴본 것처럼(그림 2-2 참고) 사회공포증의 악순환이
지속되는 데는 잘못된 사고방식이 핵심적인 역할을 합니다. 따라
서 사회공포증을 고치기 위해서는 무엇보다 잘못된 사고방식을
변화시키는 것이 중요합니다. 인지치료는 바로 이러한 잘못된 사
고방식을 찾아내어 바꿈으로써 증상을 감소시키는 치료입니다.
제2부에서는 사회공포증에 대한 인지치료를 보다 자세히 소개할
것입니다.

사회공포증이 있는 사람들은 자신의 행동을 남보다 더 낮게 평가한다.

호주 퀸스랜드 대학의 래피 박사와 림 박사는 사회공포증으로 진단받은 환자 28명과 정신과적 문제가 없는 일반인 33명을 비교하는 실험을 했습니다.

연구에 참여한 모든 사람에게 6~8명의 소집단 청중 앞에서 자신이 선택한 주제를 가지고 3분간 즉석연설을 하게 했습니다. 연설 후 스스로 자신이 어느 정도로 연설을 잘 했는지 평가하게 하였고, 청중 역시 그 자리에서 연설자를 평가하게 했습니다. 평가를 할 때 설문지를 사용했는데, 이 설문지에는 목소리의 떨림, 청중과의 눈맞춤 등 구체적인 행동을 체크하는 문항과 연설을 하면서 얼마나 자신있는 태도를 보였는지, 청중들의 흥미를 얼마나 잘 유지시킬 수 있었는지 등 전반적인 행동을 체크하는 문항들이 있었습니다.

평가결과 모든 참가자들은 자신의 연설을 청중보다 부정적으로 평가하였는데, 특히 사회공포증 환자에게 이런 결과가 더욱 두드러지게 나타나 남들보다 자신의 연설을 훨씬 더 부정적으로 평가한다는 것을 보여주었습니다.

그렇다면 사회공포증 환자 중 어떤 사람이 자신을 더 과소평가했을까요? 불안이 심한 사람이었을까요? 아니면 자의식이 강한 사람이었을까요? 흥미롭게도 사회공포증 환자 중에서도 다른 사람의 부정적인 평가를 두려워하는 사람일수록 자신을 더 과소평가했다는 결과가 나왔습니다.

　　이러한 연구결과는 사회공포증 환자들이 잘 음미해볼 가치가 있습니다. 자신에 대해 지나치게 부정적인 평가를 하게 되는 것은 남들의 부정적인 평가를 두려워하는 데서 비롯된 것이 아닌지 말입니다.

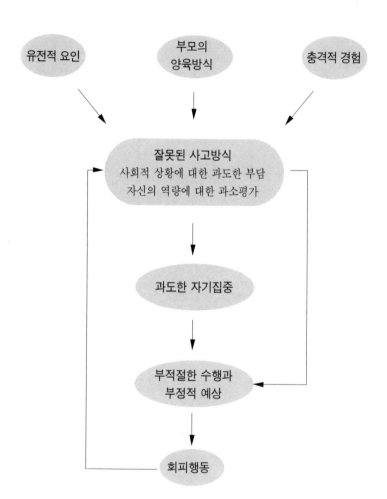

그림 2-2. 사회공포증의 지속요인

수·줍·음·도·지·나·치·면·병

■

제2부
사회공포증을 어떻게
극복할 것인가

3
사회공포증을 어떻게 관찰할 것인가

제1부를 통해 소개된 설명을 읽고 사회공포증이란 어떤 것인지, 내가 가진 문제가 사회공포증인지 어느 정도 파악이 되었을 것입니다. 이제부터는 실제로 이런 문제들을 가진 사람들이 어떻게 사회공포증을 극복해나가야 하는지 그 방법들을 구체적으로 소개하도록 하겠습니다. 여기에서 소개하는 인지치료 프로그램은 사회공포증을 가진 사람들의 문제를 꾸준히 연구한 결과를 바탕으로 개발한 과학적인 치료방법입니다. 인지치료는 많은 연구를 통해 약물치료와 거의 동등하거나 더 우수한 치료효과가 있음이 밝혀졌으며, 특히 재발의 가능성을 줄이는 데 가장 효과적인 치료방법으로 알려져 있습니다.

본 프로그램의 치료요소는 크게 인지재구성훈련과 직면훈련의 두 가지로 구성됩니다. 인지재구성훈련은 사회적 불안 상황에서 발생하는 잘못된 생각들을 찾아내어 이를 타당한 생각으로 대체시키는 훈련입니다. 인지재구성훈련의 가장 첫단계는 불안한 상황에서 일어나는 자신의 생각을 관찰하는 것입니다. 그런 다음 그 생각 속에 숨어 있는 인지적 오류를 찾아내어 수정하는 작업을 하게 될 것입니다. 아직은 '인지재구성'이나 '인지적 오류'라는 용어가 무척 생소하게 들리겠지만 앞으로 자세하게 설명해놓은 것을 읽다 보면 점차 이해할 수 있을 것입니다.

인지재구성훈련 후에는 직면훈련을 하게 됩니다. 직면훈련은 자신이 두려워하던 상황에 직접 부딪쳐본다는 간단한 원리에 근거한 것이지만, 직면훈련을 성공적으로 수행하기 위해서는 그 요령을 잘 익혀야 합니다. 만약 여러분이 이 책을 읽어가다가 어떤 장에 있는 내용이 잘 와닿지 않는다든지 마음에 들지 않더라도 책을 중도에서 놓지 말고 끝까지 읽어보는 것이 중요합니다.

본 프로그램은 집단으로 실시할 때 대략 8~12주 정도에 할 수 있는 단기치료 프로그램으로 개발된 것입니다. 그렇지만 이 책은 혼자서 읽어나가면서 자기 스스로 프로그램을 실행하는 것이기 때문에 그 기간을 얼마든지 융통성있게 조절할 수 있는 장점이 있습니다. 그렇다고 해서 각 장에 소개된 내용을 수박 겉핥듯이 지나가서는 좋은 성과를 거두기 어려울 것입니다. 그 이유는 각 장마다 사회공포증을 극복하기 위한 기술들이 차례로 소개되는데 각각의 기술은 벽돌을 쌓아가듯 단계적으로 배울 수 있기 때문입니다. 따라서 이전에 배운 기술들을 충분히 익히지 않으면 다음 단계의 기술을 제대로 익힐 수 없으므로, 각 장에서 소개되는 기술을 충분히 익힌 후 다음 장으로 넘어가는 것이 좋습니다. 이제부터는 책을 읽는 여러분이 치료에 직접 참여한다는 가정하에 모든 설명을 진행하도록 하겠습니다. 치료효과에 대한 기대를 가지

3장 사회공포증을 어떻게 관찰할 것인가?
•

인지치료는 얼마나 효과가 있을까?

심리치료의 효과를 과학적으로 입증하는 것은 그리 쉬운 일이 아닙니다. 사회공포증을 가지고 있는 사람들이 특정 치료를 받았다고 할 때 그 치료를 통하여 얼마나 증상이 완화되느냐 하는 것을 결정하기는 쉽지 않으며, 여러 가지 요인들을 고려해서 판단해야 합니다.

이러한 문제점들이 있음에도 불구하고 사회공포증에 대한 인지치료의 효용성을 입증하는 연구들이 많이 이루어졌습니다. 사회공포증에 대한 인지치료로 유명한 하임버그라는 심리학자가 연구하여 1990년에 발표한 결과를 보면, 사회공포증 환자를 대상으로 12주의 인지치료를 실시한 결과 참석한 사람 중 75%가 치료 전에 비하여 사회공포증의 증상이 완화되었다고 하였습니다. 또 치료가 끝난 후에 이같은 효과가 얼마나 지속되는지 알아보기 위하여 6개월 후에 재평가를 실시하였는데 여기에서는 오히려 치료가 막 끝났을 때보다 더욱 많은 사람들이 증상이 완화되었다고 보고하였습니다.

또 다른 심리학자가 사회공포증을 가지고 있는 사람들을 대상으로 집단 인지치료 및 개인 인지치료를 실시한 결과를 보고한 것이 있습니다. 이 연구에 따르면 집단 인지치료를 받은 사람들 중 61%가, 개인 인지치료를 받은 사람 중 54%가 상당한 호전을 보였다고 합니다. 이같은 결과는 인지치료의 효용성을 증명해줄 뿐 아니라, 개인치료보다는 집단치료가 더욱 효과가 있을 수 있다는 사실도 시사해주고 있습니다. 연구자들마다 차이가 있기는 하나 대체로 인지치료를 받은 사람 중 60~85% 정도가 증상이 호전되었다고 하며, 이러한 효과는 시간이 지나도 크게 감소하지 않았다고 합니다.

또 어떤 연구는 약물치료와 인지치료의 효과를 비교하였는데 치료를 받고 있을 당시의 효과는 약물치료나 인지치료가 모두 비슷했지만, 치료가 종결된 후에 증상완화의 효과가 어느 정도 유지되는지를 비교한 결과 약물치료보다는 인지치료의 효과가 더욱 오래 지속되었다고 합니다.

이런 연구결과들을 종합해보면 사회공포증에 대한 인지치료를 받은 사람들은 대부분 증상이 호전되었으며, 이런 효과는 시간이 지난다고 해도 크게 감소되지 않는 것으로 나타났습니다. 또 인지치료는 개인보다는 집단으로 실시하는 것이 더욱 효과적이며, 또 장기적으로는 약물치료보다 치료효과가 더 우수하다고 볼 수 있습니다.

고, 열심히 적극적으로 임하십시오. 여러분이 이 프로그램에 쏟는 시간과 노력이 크면 클수록, 여러분이 사회공포증을 극복할 확률도 높아질 것입니다.

왜 객관적인 관찰자가 되어야 하는가?

사회공포증을 없애기 위해서 제일 먼저 해야 할 일은 자신의 사회공포증을 관찰하는 것입니다. 불안한 상황에서 내가 어떻게 행동하는지, 예를 들면 얼굴이 붉어지고 손이 떨리는지, 아니면 목소리가 떨리고 말을 더듬는지, 행동은 어떻게 하는지 관찰할 필요가 있다는 것입니다. 이와 같이 자신을 잘 관찰해보면 주관적으로는 굉장히 당황하고 긴장했다고 느끼지만 나중에 생각해보니 불안한 것이 행동으로는 별로 드러나지 않았을 수도 있습니다. 다음의 사례를 살펴봅시다.

정대리는 일류대학을 졸업하고 모기업에 다니는 노총각입니다. 키도 크고 용모도 준수한 청년인데 나이가 35살이나 되어도 장가를 들지 못해 주변친구나 친지들은 왜 결혼을 하지 않느냐며 여자를 많이 소개해준다고 합니다. 그러나 정대리에게는 다른 사람에게 털어놓지 못하는 어려움이 있습니다. 여자를 만나러 나갈 때 정대리는 상대방에게 잘 보여야 된다는 중압감으로 너무 긴장한 나머지 무슨 말을 했는지도 모른 채 시간이 지나버리고 헤어질 때 어색하게 헤어져버립니다. 이런 일이 있을 때마다 다음에는 잘 해야지 다짐하지만 다시 여자를 만나도 웬일인지 같은 일이 반복되곤 합니다. 결국 정대리에게 여자를 만나는 것은 전혀 즐겁지 않고 고역스럽기까지 하지만 주변사람들은 정대리 같은 사람에게 왜 아직도 사귀는 사람이 없는지 의아하게 생각합니다.

정대리가 보인 행동은 대부분의 사회공포증을 가진 사람들이 불안한 상황에서 흔히 보이는 행동입니다. 정대리뿐 아니라 누구라도 어떤 상황에서 불안을 느끼게 되면 일단 당황하고 긴장되어 지금 자신에게 어떤 일이 일어나고 있는가 제대로 파악하지 못하고, 마음먹은 행동을 제대로 하지 못하게 됩니다. 흔히 아주 당황스러웠던 경우를 회상할 때 '아무 생각도 안 나고, 머리 속이 텅 빈 것 같았다', '그때 어떻게 했는지 지금 생각해도 기억이 잘 안 난다' 는 식의 이야기를 하는 것도 바로 이런 이유 때문입니다.

그렇지만 너무 긴장되어 무슨 말을 어떻게 했는지, 어떻게 행동했는지 모르면 자신의 행동 중 어떤 부분이 잘못되었는지도 알 수 없고, 또 어떻게 고쳐나가야 할지에 대해서도 실마리를 잡을 수 없습니다. 그렇기 때문에 불안한 상황에서 자신의 행동을 잘 관찰하는 것이 문제를 풀어나가기 위한 첫걸음입니다. 그림3-1을 참고하면 보다 쉽게 이해할 수 있습니다.

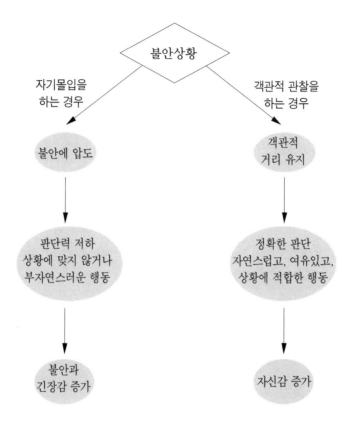

그림 3-1. 객관적 관찰과 자기몰입의 차이

자신이 처한 상황을 객관적으로 보지 못하고 감정에만 압도되면 판단력이 저하되고, 행동이 부자연스러워지며 결과적으로 불안과 긴장감이 더욱 심해지게 됩니다. 반대로 불안하긴 하지만 감정에 휩쓸리지 않고 자신이 처한 상황을 객관적으로 보기 시작하면 정확하게 상황을 판단할 수 있게 되고, 비교적 여유를 가지고 행동할 수 있게 됩니다.

사회공포증을 관찰하고 객관적인 거리를 유지하려고 애써야 하는 또 하나의 이유는 이미 여러분에게 이런 행동이 습관화되어 어떤 상황에 닥치면 생각해볼 여유도 없이 자동적으로 행동할 가능성이 높기 때문입니다. 어떤 행동이 습관화되면 사람들은 그것이 좋은 것인지 나쁜 것인지 더 이상 생각해보지 않고 행동하기 때문에 좀처럼 습관을 깨기가 어렵습니다. 따라서 자신이 판단하기에 불안반응이 이미 습관화되어 있다고 생각하면, 이 습관을 깨기 위해서 먼저 자기 반응에 대한 예리한 관찰자가 되는 연습이 필요합니다.

어떻게 좋은 관찰자가 될 것인가?

객관적인 관찰자가 될 수 있는 방법은 무엇일까요? 객관적인 관찰자가 되는 데 가장 중요한 것은 철저한 준비와 연습입니다. 아무런 준비나 체계없이 시작한다면 오히려 자신의 행동을 의식하게 되어 더욱 위축될 수도 있습니다. 지금부터는 여러분에게 객관적인 관찰자가 될 수 있는 효과적인 방법을 알려드릴 것입니다.

무엇을 관찰해야 하나?:사회공포증의 세 가지 요소

사회공포증의 증상은 크게 신체반응, 생각, 행동의 세 가지 요소로 나누어집니다. 사회공포증을 관찰한다는 것은 곧 이 세 가지 요소를 관찰하는 것이 됩니다.

신체반응　신체반응이란 여러 사람들 앞에서 발표를 할 때나

식사를 할 때 불안을 느끼면 얼굴이 달아오르고 손이 떨리거나 식은 땀이 나는 것과 같은 여러 가지 신체적 변화들을 의미합니다. 일반적으로 사회공포증을 가진 사람들은 자신에게 일어나는 신체적 변화를 위험하거나 일어나서는 안 될 것이 나타난 것으로 생각하는 경우가 많습니다. 그렇지만 우리가 불안을 느낄 때 신체반응들이 왜 나타나는지 그 이유를 알아보면 전혀 위험한 것이 아니라

는 것을 알 수 있습니다. 이를 위해 불안할 때 우리 몸에서 일어
나는 변화를 좀 더 자세히 살펴보겠습니다.

불안이란 위험이 감지되거나 예견될 때 일어나는 반응입니다.
위험이 닥쳐오면 대뇌는 자율신경계 중 교감신경계로 '비상사태'
라는 전갈을 보내어, 우리 몸이 에너지를 방출하고 행동할 준비를
시킵니다. 그 결과 심장박동이 빨라지고 강해집니다. 이것은 혈류
가 빨라져서 좀 더 많은 산소를 조직에 공급하고 노폐물을 신속하
게 제거하기 위한 변화입니다. 이런 응급반응의 일부로서 호흡도
그 속도와 깊이가 증가되어 우리 신체조직에 보다 많은 산소를 공
급하여 활발히 움직일 수 있게 해줍니다. 그러나 호흡 증가가 계
속되면 숨이 막히는 느낌, 가슴이 죄어드는 느낌을 받게 됩니다.
또 비상사태에서 땀을 많이 흘리게 되는데, 이것은 신체를 시원하
게 하고 피부가 미끌미끌해져서 적에게 쉽게 붙잡히지 않도록 하
기 위해서입니다. 이밖에도 타액이 감소하고, 눈동자가 커지고,
근육조직이 수축하게 되는 등 많은 신체적인 변화가 일어납니다.
그렇지만 이러한 변화는 그 어느 것도 우리 몸에 해로운 것이 아
니며, 일정 시간 몸이 각성상태에 있게 되면 우리 몸은 자동적으
로 원 상태로 돌아가게 됩니다. 따라서 이 모든 신체적 변화는 궁
극적으로는 우리 몸이 위험에 보다 잘 대처하도록 대사활동을 증
가시키고 외부환경에 민감하도록 만들어주는 역할을 할 뿐 우리
몸에 전혀 유해한 효과를 미치지 않습니다.

생 각　　불안할 때 우리는 여러 가지 생각을 하게 됩니다. 매

상황마다 똑같지는 않겠지만 대개는 우리가 처한 상황이 어떤지 판단해보고, 자신의 행동에 대한 평가를 내리고, 또 앞으로 어떤 일이 닥칠지 예상해보기도 합니다. 이러한 여러 생각들은 우리가 처한 위험 상황을 평가하고 어떻게 그 상황에 대처할지 결정하게 해주는 역할을 합니다. 때로 우리는 불안할 때 아무 생각도 나지 않았다고 느끼고, 실제로 불안이 극심한 상태에서는 머리 속에 아무 생각도 떠오르지 않고 텅 빈 것처럼 느껴지기도 합니다. 그러나 조금만 더 자세히 자신을 관찰해보면 실제로는 많은 생각들이 머리를 스쳐간다는 사실을 깨달을 수 있습니다. 예를 들어 발표할 때 얼굴이 붉어져 당황하게 되면 '얼굴이 붉어진 것을 남들이 알아차린 것은 아닐까', '목소리가 떨리게 나오면 어떡하지' 하는 생각들을 비롯해서 사람마다 각자 처한 상황에서 여러 가지 생각을 하게 된다는 것입니다.

　행 동　불안할 때 우리는 보통 안절부절 못하고, 시선을 어디에 두어야 할지 몰라 당황하기도 하고, 말을 더듬기도 합니다. 그래서 어떤 사람들은 이런 행동을 감추기 위해 아예 불안을 느낄 만한 상황에 가지 않거나(적극적 회피), 그러한 상황에 있더라도 가급적 자신의 존재를 드러내지 않으려고 말을 안 하고 가만히 있는 경우(소극적 회피)가 있습니다. 이런 회피행동은 사회공포증을 겪고 있는 사람들에게서 나타나는 가장 전형적인 행동적 특성입니다.
　한편 어떤 사람들은 자신의 불안을 감추기 위해 여러 종류의 방어행동을 하기도 합니다. 떨리는 것을 감추기 위해 목소리를 낮추어 이야기하거나, 침묵이 지속되면 이것을 견디지 못하고 평소보다 오히려 말을 더 많이 하는 것도 방어행동의 일종입니다. 이런 행동 역시 그 당시에는 불안을 어느 정도 감춰주지만 장기적으로는 사회공포증을 없애는 데 걸림돌이 될 수 있습니다.

지금까지 사회공포증의 각 요소들을 따로 나누어서 설명하였지만 사실상 이 요소들은 서로 독립적인 것이 아니라 밀접한 관계가 있고 상호작용을 하면서 서로에게 영향을 미칩니다. 자세한 내용은 다음 장에서 좀 더 자세히 살펴보겠습니다.

사회불안기록표를 활용하는 법

본 프로그램에서는 사회공포증의 세 요소를 보다 잘 관찰하고 기록해볼 수 있도록 사회불안기록표를 만들어 사용하고 있습니다. 사회불안기록표는 사회공포증을 관찰하기 위한 한 방법으로, 불안을 느꼈던 상황과 그 상황에서 일어난 신체적 변화, 생각, 행동을 한눈에 볼 수 있도록 기록하는 표입니다. 자신의 사회공포증을 잘 관찰하기 위해서는 이 사회불안기록표를 늘 가지고 다니면서 그때 그때 기록하는 습관을 들이는 것이 좋습니다.

사회불안기록표를 어떤 식으로 작성하는지 앞에서 예를 든 정대리의 경우를 가지고 생각해봅시다. 정대리는 불안한 상황에서 자신이 어떻게 행동하는지 관찰하기 위해서 신체반응, 생각, 행동

표 3-1. 사회불안기록표

사 회 불 안 기 록 표
날짜　　　　년　　　월　　　일　　　장소
상황
불안지수 　　　　0 ‥ 1 ‥ 2 ‥ 3 ‥ 4 ‥ 5 ‥ 6 ‥ 7 ‥ 8 　　전혀 없음　　　　　　중간 정도　　　　　　매우 심함
신체반응 얼굴이 붉어진다　_____　　　가슴이 뛴다　_____ 진땀, 식은땀이 난다　_____　　손이나 몸이 떨린다　_____ 근육이 경직된다　_____　　　목소리가 떨린다　_____ 숨쉬기가 힘들다　_____ 기타 신체반응　_____ 　　　　　　　　_____
떠오른 생각 남들이 나를 이상하게 볼거야　_____ 잘 해야 할텐데　_____ 내가 우습게 보일거야　_____ 기타 생각　_____ 　　　　　　_____
행동 말을 더듬는다　_____　　똑바로 응시하지 못한다 _____ 그 자리를 일찍 떠난다 _____　말을 안하고 가만히 있는다 _____ 남의 눈에 띄지 않는 구석에 간다 _____ 기타 행동　_____ 　　　　　　_____

의 세 가지 측면 각각에 주의를 기울여보기로 했습니다. 그래서 사회불안기록표를 잘 읽어보고 여자와 만난 상황에서의 신체반응, 생각, 행동을 관찰한 후 집에 와서 각 항목을 체크해보았습니다. 사회불안기록표에 있는 항목 중 불안지수에 대해서는 다음 장에서 설명하고 있기 때문에 이 항목을 제외한 나머지 항목을 우선 체크하였고, 그 결과는 표 3-2에 제시하였습니다.

사회불안기록표에 체크를 해가는 과정에서 정대리는 새로운 사실을 깨닫게 되었습니다. 즉 자신에게는 신체반응이 상당히 많이 나타난다고 생각했는데 신체반응은 자신이 예상했던 것보다 훨씬 적게 나타났고, 생각을 기록하려고 하니까 그 상황에서 자신

표 3-2. 정대리의 사회불안기록표 I

사 회 불 안 기 록 표

날 짜   1997 년   5 월   13 일   장 소   레스토랑

상 황   친구가 소개시켜준 여자와 커피를 마시며 이야기할 때

불안지수

     0 · · 1 · · 2 · · 3 · · 4 · · 5 · · 6 · · 7 · · 8

  전혀 없음   중간 정도   매우 심함

신체반응

얼굴이 붉어진다 _____   가슴이 뛴다 _____

진땀, 식은땀이 난다 _____   손이나 몸이 떨린다 _____

근육이 경직된다   ∨   목소리가 떨린다 _____

숨쉬기가 힘들다 _____

기타 신체반응   뒷목이 뻣뻣해진다 _____

_____

떠오른 생각

남들이 나를 이상하게 볼거야 _____

잘 해야 할텐데 _____

내가 우습게 보일거야 _____

기타 생각   잘 해야 할텐데 _____

_____

행동

말을 더듬는다 _____   똑바로 응시하지 못한다   ∨

그 자리를 일찍 떠난다 _____   말을 안하고 가만히 있는다 _____

남의 눈에 띄지 않는 구석에 간다 _____

기타 행동   말을 빨리 한다. _____

_____

이 어떤 생각을 했는지 잘 관찰하지 못했다는 것을 알게 되었습니다. 정대리뿐 아니라 누구든지 긴장한 상황에서 자신의 생각을 자세히 관찰한다는 것은 그리 쉬운 일이 아닙니다. 그렇기 때문에 좋은 관찰자가 되기 위해서는 많은 연습이 필요합니다. 정대리는 사회불안기록표를 기록하는 연습을 하기 위하여 조금 불안하다고 느끼는 상황이 있으면 그때 그때 자신의 생각을 좀 더 자세히 관찰해보기로 하였습니다. 다음은 그 중의 한 예를 든 것입니다.

정대리는 업무회의에서 자기가 발표해야 할 차례가 다가오자 가슴이 두근거리고 손에 땀이 나고 입이 말랐습니다. 그 순간 정대리의 머리 속에는 '옛날처럼 또 더듬거리면 어떡하지', '회사 여직원들 앞에서 얼굴도 못 들고 다닐거야' 같은 생각이 지나갔고, 그 자리에 앉아 있는 것이 점점 더 괴롭게 느껴졌습니다. 결국 자기 차례가 왔을 때 다른 사람의 시선을 피한 채 준비해간 보고서를 겨우 읽고 앉았습니다.

업무회의 상황에서 정대리의 불안을 사회불안기록표에 기록해보면 표 3-3과 같습니다.
또한 정대리는 친구들과의 모임에서 있었던 일을 좀 더 자세히 기록해보았습니다.

정대리는 다른 사람들과 함께 있을 때 항상 좋은 인상을 남기고 싶고 뭐든지 잘 하는 완벽한 사람으로 보이고 싶은 마음에, 모임에서 항상 말을 많이 하고 재미있게 하려고 애

표 3-3. 정대리의 사회불안기록표 II

사 회 불 안 기 록 표

날 짜	1997 년 7 월 4 일 장 소 회의실

상 황 우리 부서 보고내용을 발표할 때

불안지수

0 · · 1 · · 2 · · 3 · · 4 · · 5 · · 6 · · 7 · · 8

전혀 없음   중간 정도   매우 심함

신체반응

얼굴이 붉어진다	_____	가슴이 뛴다	V
진땀, 식은땀이 난다	V	손이나 몸이 떨린다	_____
근육이 경직된다	_____	목소리가 떨린다	_____
숨쉬기가 힘들다	_____		
기타 신체반응	입이 마른다		

떠오른 생각

남들이 나를 이상하게 볼거야	_____
잘 해야 할텐데	_____
내가 우습게 보일거야	_____
기타 생각	옛날처럼 또 더듬거리면 어떻하지
	회사 여직원들 앞에서 얼굴을 못 들텐데

행동

말을 더듬는다	_____	똑바로 응시하지 못한다	V
그 자리를 일찍 떠난다	_____	말을 안하고 가만히 있는다	_____
남의 눈에 띄지 않는 구석에 간다	_____		
기타 행동	준비한 걸 빨리 읽고 앉았다.		

를 많이 씁니다. 그러나 이런 행동이 과도하게 드러나기 때문에 보는 사람들도 어색하게 느끼고, 정대리 자신도 이런 모습에 불편함을 느끼고 있습니다. 그래서 정대리는 친구들과 함께 있을 때는 잘 느끼지 못하지만 모임이 끝나고 집에 돌아오면 심하게 긴장된 상태로 있던 탓에 몸도 쑤시고, 눈도 아프고, 소화도 잘 안 되는 것을 느끼곤 합니다. 그리고 머리 속에는 '뭐든지 잘 하는 똑똑한 놈으로 보여야지', '다른 친구들보다 내가 낫다는 것을 보여줘야지'라는 생각이 떠나질 않습니다. 그러므로 친구들과의 모임에서 늘 자기가 먼저 얘기하려 하고, 쓸데없는 말을 자주 하곤 합니다.

정대리의 이러한 모습을 사회불안기록표에 기록한 것은 표 3-4와 같습니다.

어느 한 사람의 경우를 보더라도 불안을 느끼는 상황에 따라 그 상황에서 느끼는 증상은 다양하기 때문에, 사회공포증을 관찰하기 위해서는 우선 내가 어떤 상황에서 불안을 느끼는지 점검해보는 것이 필요합니다. 여러분이 불안을 느꼈던 상황을 기억해보고 그 상황에 대하여 사회불안기록표를 작성해보십시오. 내가 어떤 신체적 반응을 보였는지, 내 머리 속에 떠오른 생각은 무엇인지, 그래서 어떻게 행동했는지 잘 돌이켜보십시오. 처음부터 쉽지는 않겠지만 일단 기록을 하면서 어떤 점이 특히 더 어려운지 스스로 생각해보십시오. 앞으로 여러분은 이 사회불안기록표를 기록함으로써 불안을 느끼는 상황에서 자기 자신이 주로 느끼는 신

표 3-4. 정대리의 사회불안기록표 III

사 회 불 안 기 록 표

날 짜   1997 년   6 월   20 일   장 소 친구들과의 모임

상 황 친구들과 어울려 이야기할 때

불안지수

0 · · 1 · · 2 · · 3 · · 4 · · 5 · · 6 · · 7 · · 8

전혀 없음   중간 정도   매우 심함

신체반응

얼굴이 붉어진다 ＿＿＿＿   가슴이 뛴다   ∨

진땀, 식은땀이 난다 ＿＿＿＿   손이나 몸이 떨린다   ＿＿＿＿

근육이 경직된다   ∨   목소리가 떨린다   ＿＿＿＿

숨쉬기가 힘들다   ＿＿＿＿

기타 신체반응   ＿＿＿＿＿＿＿＿＿＿＿＿＿＿＿＿＿＿

＿＿＿＿＿＿＿＿＿＿＿＿＿＿＿＿＿＿

떠오른 생각

남들이 나를 이상하게 볼거야   ＿＿＿＿

잘 해야 할텐데   ＿＿＿＿

내가 우습게 보일거야   ＿＿＿＿

기타 생각   뭐든지 잘 하는 놈으로 보여야 할텐데

다른 친구들보다 낫다는 것을 보여줘야지

취한 행동

말을 더듬는다   ＿＿＿＿   똑바로 응시하지 못한다 ＿＿＿＿

그 자리를 일찍 떠난다 ＿＿＿＿   말을 안하고 가만히 있다 ＿＿＿＿

남의 눈에 띄지 않는 구석에 간다 ＿＿＿＿

기타 행동   쓸데없는 말을 많이 한다

＿＿＿＿＿＿＿＿＿＿＿＿＿＿＿＿＿＿

제2부 사회공포증을 어떻게 극복할 것인가?

•

체반응은 무엇인지, 주로 하는 생각들은 어떤 것들인지, 또 어떤 행동으로 그 상황에 대처하는지 알아볼 것이므로 사회불안기록표에 빨리 익숙해지는 것이 좋습니다.

연습 ··

이 장에서 우리는 사회공포증을 어떻게 관찰하여야 하는지에 대하여 살펴보았습니다. 그러면 이번 한 주 동안 내가 어떤 상황에서 주로 불안을 느끼는지 그 상황을 구체적으로 찾아서 적어 보십시오. 사람에 따라서는 불안을 느끼는 상황이 다를 수 있으므로 자신이 불안하다고 느끼는 상황을 모두 적으면 됩니다. 다음의 빈 칸에 자신이 불안을 느끼는 상황을 적어보십시오. 적어도 다섯 가지 이상의 상황을 찾아 적도록 하십시오.

1. _____
   _____

2. _____
   _____

3. _____
   _____

4. _____
   _____

5. _____
   _____

4

나의 행동 뒤에는 어떤 생각들이
숨어 있을까?

사회공포증에는 신체반응, 생각, 행동의 세 가지 요소가 있습니다. 제3장에서 연습한 바와 같이 이 세 가지 요소를 개별적으로 나누어서 파악하는 것은 사회공포증의 관찰에 있어 매우 중요합니다. 그러나 이 세 가지 요소를 나누어 관찰한다고 해서 이 각각의 요소가 서로 개별적이고 독립적이라고 생각해서는 곤란합니다. 여러분이 어떤 상황에서 불안을 느낄 때 아무 생각도 없이 그냥 가슴만 뛴다거나, 아니면 어떤 생각만이 반복적으로 떠오르지는 않습니다. 즉 가슴이 뛰고, 얼굴이 붉어지면서 '저 사람은 내 얼굴이 붉어지는 것을 보고 나를 얼마나 우습게 생각할까' 라거나 '손이 떨리는 것을 보이면 안 될텐데' 라는 생각이 들고, 그러면서 시선을 피하거나 구석으로 자리를 옮기는 등의 행동이 함께 나타납니다. 이와 같이 신체반응, 생각, 행동들이 서로 영향을 주며 같이 일어나게 됩니다. 물론 이 세 가지 요소가 항상 병행되는 것은 아니며, 사람에 따라서 이 세 가지 중 한두 가지가 우세하게 나타나는 것이 보통입니다.

세 가지 요소의 상승작용

사회공포증을 좀 더 잘 이해하기 위해서는 신체반응, 생각, 행동의 세 가지 요소의 상호작용을 정확하게 파악하는 것이 도움이 됩니다. 또한 각각의 요소가 서로 어떻게 영향을 미치는가를 아는 것은 사회공포증의 악순환을 끊는 데 매우 중요합니다.

신체반응과 생각　여러분이 심한 불안을 느꼈을 때를 한번 떠올려보십시오. 그때 어떤 생각이 들었습니까? 심한 불안 때문에 아무 생각도 할 수 없었고, 하지도 못했다고 생각하는 순간에도 여러분의 머리 속으로는 많은 생각이 스쳐 지나갑니다. 다만 여러분이 너무 당황했기 때문에 그것을 알아차리지 못할 뿐입니다.

여러분이 의식하지도 못하는 사이에 스쳐 지나가는 생각은 신체반응이나 감각에 많은 영향을 줄 수 있습니다. 앞에서 든 정대리의 예에서 생각이 어떤 영향을 미쳤는지 살펴보겠습니다.

정대리는 주말에 후배가 아는 여자를 소개시켜주겠다고 할 때부터 회사 일이 손에 잘 잡히지 않았습니다. 여자를 만나서 어떻게 재미있는 이야기를 하여 상대방을 즐겁게 해주어야 하나 하는 생각뿐이었습니다. 드디어 기다리던 토요일이 왔습니다. 후배가 자리를 떠나자 정대리는 자신이 알고 있는 지식을 모두 동원하여 재미있는 이야기를 하려고 애썼습니다. 그렇지만 얼굴이 뻣뻣해져서 웃어도 왠지 어색하게 느껴졌으며 주변이 눈에 잘 들어오지 않았습니다. 정대리는 쉬지 않고 열심히 이야기를 하였는데 이야기하다 보니 상대방 여자가 시계를 보고 있었습니다. 상대방이 시계를 보자 정대리의 머리 속에는 '저 사람이 왜 시계를 봤을까'에 대한 여러 가지 생각이 스쳐 지나갔습니다.

여러분의 경우라면 상대방이 시계를 본 이유를 어떻게 해석하겠습니까? 상대방 여자는 시간이 너무 빨리 지나가는 것 같아 확인해보려고 시계를 보았을 수도 있고, 혹은 재미가 없어 지루한 나머지 시간을 보았을 수도 있으며, 아니면 본인이 긴장을 느껴 시계를 한번 보았을 수도 있을 것입니다.

그러나 정대리는 그 순간 상대방이 자신의 이야기가 재미없어 시계를 본 것으로 확신했습니다. 그런 생각을 하자 심장이 더 두근거리고 손에 땀이 나기 시작했습니다. 이제는 목소리도 떨리는 것 같았습니다. 그러자 '떨리는 목소리 때문에 날 남자답지 못하다고 생각했을거야', '이번에도 망쳤어' 등 여러 가지 생각들이 스쳐 지나갔습니다. 이제 정대리는 심장이 뛰고 얼굴까지 붉어진

신체적 변화   생　각

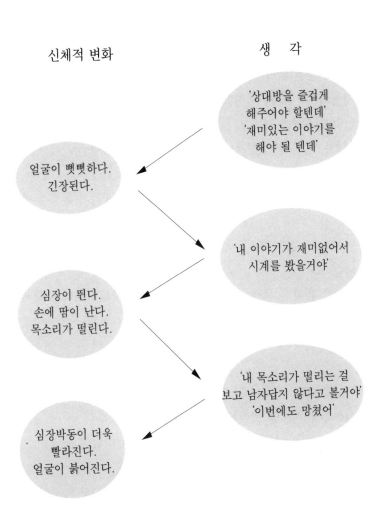

그림 4-1. 신체적 변화와 생각의 상호작용

4장 나의 행동 뒤에는 어떤 생각들이 숨어 있을까
•
91

것 같아 빨리 그 자리를 떠나고 싶은 생각뿐이었습니다. 만일 그 상황에서 정대리가 재미있는 이야기로 상대방을 즐겁게 해주어야 한다는 부담을 많이 가지지 않았다면, 또 여자가 시계를 본 이유를 자신의 이야기가 재미없었기 때문이라고 생각하지 않았다면, 훨씬 덜 긴장했을 것이고 심장이 뛰거나 손에 땀이 나지도 않았을 것입니다. 이와 같이 신체반응의 변화는 우리가 처한 상황에서 어떤 생각을 하고 있는가와 매우 밀접한 관계가 있습니다. 다만 이 과정이 매우 짧은 순간에 일어나기 때문에 흔히 생각과 신체적 변화들이 한꺼번에 일어나고 있는 것처럼 느낄 따름입니다. 정대리의 생각과 신체적 변화가 변해간 과정은 그림 4-1과 같이 그려볼 수 있습니다.

이처럼 우리가 처한 상황에서 어떤 식으로 생각하느냐는 신체적 변화에 직접 영향을 주어 신체반응을 가중시키거나 완화시키는 역할을 합니다.

생각과 행동　어떤 상황에서 우리가 하는 생각은 신체반응뿐 아니라 행동에도 큰 영향을 미칩니다. 앞의 예를 다시 한 번 생각해봅시다. 정대리는 상대방이 자기 이야기가 재미없어 시계를 본다고 생각했습니다. 그 이후에 정대리의 행동은 어땠을까요? 상대방의 눈을 제대로 바라볼 수가 없었고, 얼마 후 급한 약속이 있다고 둘러대고는 서둘러 그 자리를 빠져나왔습니다. 만일 이 때 대화를 주도하고 여자를 즐겁게 해주어야 한다는 강박관념을 갖지 않았더라면 정대리는 훨씬 더 자연스럽게 이야기를 주고받을

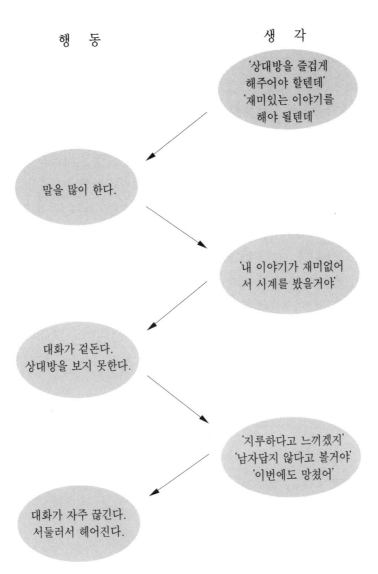

행 동   생 각

'상대방을 즐겁게
해주어야 할텐데'
'재미있는 이야기를
해야 될텐데'

말을 많이 한다.

'내 이야기가 재미없어
서 시계를 봤을거야'

대화가 겉돈다.
상대방을 보지 못한다.

'지루하다고 느끼겠지'
'남자답지 않다고 볼거야'
'이번에도 망쳤어'

대화가 자주 끊긴다.
서둘러서 헤어진다.

그림 4-2. 생각과 행동의 상호작용

4장 나의 행동 뒤에는 어떤 생각들이 숨어 있을까
·

수 있었을 것입니다. 또 여자가 시계를 보았다고 해도 왜 시계를 보는지 물어볼 수도 있었을 것이고, 아니면 크게 개의치 않고 그냥 넘겼을 수도 있을 것입니다. 그림 4-2에서 다시 한 번 정대리의 생각과 행동이 어떤 영향을 주고받았는지 살펴보겠습니다.

  사회공포증의 세 요소인 신체반응과 생각, 행동은 지금까지 설명한 것처럼 서로에게 영향을 미칩니다. 그런데 여기에서 가장 중요한 역할을 하는 것은 바로 생각입니다. 그렇기 때문에 생각과 신체반응, 생각과 행동 간의 관계를 따로 떼어 보다 자세히 설명한 것입니다. 그렇지만 실제로는 그림4-3에서 볼 수 있는 바와 같이 신체반응과 생각, 행동은 한꺼번에 서로에게 영향을 미칩니다.
  앞으로 여러분은 본 프로그램을 진행해나가면서 자신의 생각과 신체반응, 행동이 어떻게 서로 영향을 미치는지 좀 더 자세히 관찰하고 이해하게 될 것입니다.

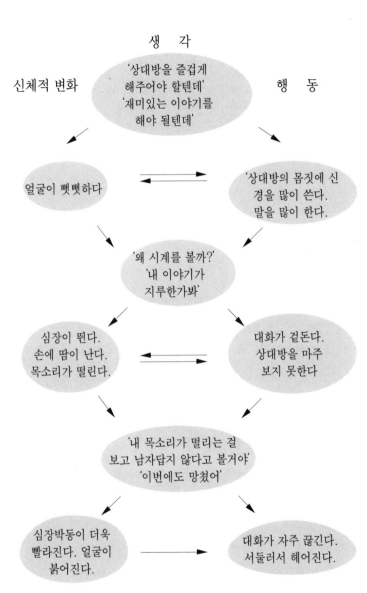

생 각

신체적 변화   '상대방을 즐겁게   행 동
                  해주어야 할텐데'
                  '재미있는 이야기를
                   해야 될텐데'

얼굴이 뻣뻣하다   ←————→   '상대방의 몸짓에 신
                               경을 많이 쓴다.
                               말을 많이 한다.

                  '왜 시계를 볼까?'
                  '내 이야기가
                   지루한가봐'

심장이 뛴다.   ←————→   대화가 겉돈다.
손에 땀이 난다.   상대방을 마주
목소리가 떨린다.   보지 못한다

              '내 목소리가 떨리는 걸
              보고 남자답지 않다고 볼거야'
              '이번에도 망쳤어'

심장박동이 더욱   ————→   대화가 자주 끊긴다.
빨라진다. 얼굴이   서둘러서 헤어진다.
붉어진다.

그림 4-3. 신체적 변화, 생각, 행동의 상호작용

4장 나의 행동 뒤에는 어떤 생각들이 숨어 있을까
•
95

내 불안지수는 몇 점일까?

앞 장에서 여러분은 사회불안기록표를 보면서 불안지수를 체크하는 난을 이미 보았을 것입니다. 불안지수란 불안을 느끼는 각각의 상황에 대하여 자신이 느끼는 불안의 정도를 수치로 표시하는 것을 말합니다. 이처럼 자신의 불안을 수치로 체크하는 것은 내가 느끼는 불안이나 사회공포증을 객관화할 수 있는 한 방법입니다. 일반적으로 불안지수는 0에서 8까지의 수치로 평가하는데, 0은 전혀 불안하지 않은 상태, 8은 가장 불안한 상태를 말합니다. 다음 페이지의 표를 참조하면 눈으로 쉽게 이해할 수 있을 것입니다.

대체로 우리들은 어떤 상황에서 불안을 느낀다 해도 그저 '내가 불안하구나', '너무 떨리네' 정도로만 생각하고 그 감정의 정도가 얼마나 심한지는 생각해본 적이 거의 없기 때문에 이처럼 불안지수를 체크한다는 것이 처음에는 쉽지 않습니다. 누구나 자기가 느끼는 감정을 수치로 표현한다는 것은 그리 쉬운 일이 아니기

0 — 1 — 2 — 3 — 4 — 5 — 6 — 7 — 8

불안하지   약한 불안   다소 심한   매우 심한   극심한
않음   불안   불안   불안

때문입니다. 그렇지만 다음의 요령에 따라 차근차근 생각해보면 어렵지 않게 불안 정도를 수치로 체크해볼 수 있을 것입니다.

불안지수를 체크하는 요령은 우선 0과 8에 해당하는 상황을 한 가지 정도 구체적으로 생각해보는 것이 필요합니다. 0은 전혀 불안을 느끼지 않은 상황이기 때문에 여러분들이 생각해내기가 어렵지 않을 것입니다. 8은 여러분이 이미 경험했거나, 상상할 수 있는 상황 중에서 가장 불안이 심한 정도를 생각하면 됩니다. 그리고 나서 0과 8의 중간 정도되는 불안 상황을 생각해서 그것을 4로 정하는 것입니다. 0과 4, 8에 해당하는 기준이 명확해지면 그 나머지는 이 기준들을 가지고 적절하게 평정하면 됩니다.

앞에서 나왔던 정대리의 경우를 가지고 어떻게 불안지수를 체크해야 하는지 설명해보겠습니다. 우선 불안지수 0에 해당하는 상황이 무엇인지 생각해보니 중학교 때부터 친하게 지낸 친구와 전화통화를 할 때는 전혀 불안을 느끼지 않아 이 상황에서의 불안 정도를 0으로 정했습니다. 그 다음에는 8에 해당될 수 있는 상황을 생각해보았습니다. 정대리가 가장 심하게 떨렸을 때는 소개로 만났던 사람 중에 굉장히 마음에 들었던 여자가 있었는데 이 여자와 몇 번 만나다가 좋아한다는 말을 하고 싶었던 때였습니다. 그

때 정대리는 진땀이 나고 가슴이 뛰고 얼굴이 달아올라 거의 말을 하지 못하였습니다. 이 상황에서 정대리가 보인 여러 불안요소, 즉 '완전히 얼어붙어 목소리가 나오지 않았다', '몸이 굳어서 하던 행동을 계속하지 못했다', '정신이 아득하고 아찔해졌다', '숨이 넘어갈 것 같고 숨쉬기가 어렵게 느껴졌다', '머리 속이 텅 비어 할 말을 완전히 잊어버렸다' 등의 내용들은 대체로 불안지수 8에 해당되는 것이라고 할 수 있을 것입니다. 이제는 4 정도의 불

제2부 사회공포증을 어떻게 극복할 것인가?

안지수에 해당하는 상황을 찾아볼 차례입니다. 정대리는 친하지는 않지만 알고 지내는 사람과 통화할 때 '목소리가 떨리지만 말을 계속했다', '예기치 못한 질문에 쉽게 당황했다', '상대방이 보지 못했겠지만 얼굴이 빨개졌다', '긴장되어 전화받는 자세가 굳어졌다'고 하였습니다. 이 정도면 4의 불안지수를 줄 수 있을 것입니다. 이와 같이 8과 4에 대한 기준이 나름대로 정해지면 다른 상황은 이와 비교해서 그 정도를 결정하십시오. 이렇게 하다 보면 주관적인 불안 정도를 쉽게 체크할 수 있을 것입니다. 정대리의 예를 구체적으로 적어보면 다음과 같습니다.

여러분이 앞으로 불안지수를 기록하면서 불안의 정도를 수치로 표시하게 되면 자신이 어떤 상황에서 불안을 많이 느끼고 어떤 상황에서는 덜 느끼는가를 구체적으로 평가할 수 있게 됩니다. 이와 같은 관찰과정을 통하여 자신의 불안을 보다 객관적으로 바라볼 수 있게 되며, 또 앞으로 프로그램을 진행해나가면서 그때그때 적절한 목표를 세울 수 있게 될 것입니다. 불안지수를 기록하게 되면 치료과정이 진행되면서 실제로 그 상황에서 느껴지는 불안이 얼마나 완화되었는가를 눈으로 확인할 수 있습니다.

예를 들어 본 프로그램에 참석한 정대리가 업무회의에서 느끼는 불안의 정도를 6점이라고 평가하였다가 프로그램이 끝난 후에는 3점으로 평가하였다면 정대리는 그 일에 대하여 어느 정도 불안이 완화되었다는 것을 구체적으로 확인할 수 있게 됩니다.

이제는 앞장의 연습에서 기록한 불안상황목록을 참고하여 어

정대리의 불안지수가 O, 4, 8일 때

• 불안지수 0일 때
가슴이 두근거리거나 목소리가 떨리는 등의 신체반응이 전혀 없다.
할 말을 자연스럽게 한다.

• 불안지수 4일 때
목소리가 떨린 채로 말을 한다.
쉽게 긴장하고 당황한다.

• 불안지수 8일 때
완전히 얼어붙어 목소리가 나오지 않는다.
머리속이 텅 비어 할 말을 잊는다.

떤 상황에서 불안을 심하게 느끼고, 어떤 상황에서는 덜 느끼는지
자신이 느끼는 불안의 정도를 평가해보십시오. 그러기 위해서는
앞에서 설명한 대로 전혀 불안하지 않은 상황을 하나 생각해보고
그 상황에서의 불안 정도를 0으로 정하십시오. 그 다음 어떤 상황
에서 가장 극심한 불안을 느꼈는지를 생각해보고, 그 상황에서의
불안지수를 8로 정하십시오. 여기까지는 그다지 어렵지 않게 할
수 있을 것입니다. 그 다음에는 4에 해당하는 상황을 생각해보십
시오. 0이나 8에 비하여 조금 어려울 수 있습니다. 앞에서 설명한
대로 상당히 불안을 느끼고, 하던 말이나 행동을 하는 데 어려움

이 있기는 했지만 그런대로 해낼 수 있었던 상황을 생각하면 될 것입니다.

　각각의 상황을 모두 기록하였다면 아래의 표를 참조하여 여러분이 작성하였던 사회불안기록표에 불안지수까지 적어넣어 완성해보십시오. 처음에는 조금 힘들지 몰라도 초기에 사회불안기록표를 상황별로 자세히 기록해놓는 것이 앞으로 하게 될 인지재구성훈련과 직면훈련의 기본자료가 됩니다.

내 불안지수가 0, 4, 8 일 때

- 불안지수 0일 때

_____

_____

- 불안지수 4일 때

_____

_____

- 불안지수 8일 때

_____

_____

앞으로 여러분은 프로그램을 해나가면서 점차 프로그램 중에 훈련받은 기술들을 실제 생활 속에서 응용해보는 연습을 많이 하게 될 것입니다. 이 때에도 자신이 배운 것을 실제 생활에 적용해 보고 그때 느낀 불안의 정도를 평가해보면서 연습을 해나가는 것이 좋습니다. 훈련을 반복함에 따라 스스로가 어느 정도 변화하는지 점검해볼 수 있을 것입니다. 이외에도 불안지수를 사용하는 경우가 많기 때문에 이제부터는 자신의 불안 정도를 불안지수로 표시하는 일에 좀 더 익숙해져야 합니다.

연습 ·····································

이 장에서 여러분은 불안을 느낀 상황에서 구체적으로 어떤 신체적 변화가 나타나고, 무슨 생각들이 떠오르며, 어떤 행동을 보이는지에 대하여 알아보았습니다. 또한 불안한 상황에서의 불안지수를 기록하는 방법에 대해서도 배웠습니다.

사회불안기록표에는 각 요소들을 체크할 수 있는 항목이 있습니다. 앞으로 일주일 동안 불안을 느끼는 상황이 있다면 그 상황에 대해서 불안지수를 포함한 사회불안기록표의 전체 항목을 기록해보십시오.

4장 나의 행동 뒤에는 어떤 생각들이 숨어 있을까
·

사 회 불 안 기 록 표

날 짜	년	월	일	장 소

상 황

불안지수

0 · · 1 · · 2 · · 3 · · 4 · · 5 · · 6 · · 7 · · 8

전혀 없음　　　　　　　중간 정도　　　　　　매우 심함

신체반응

얼굴이 붉어진다 _____　　　　　가슴이 뛴다 _____

진땀, 식은땀이 난다 _____　　　손이나 몸이 떨린다 _____

근육이 경직된다 _____　　　　　목소리가 떨린다 _____

숨쉬기가 힘들다 _____

기타 신체반응 _____

_____

떠오른 생각

남들이 나를 이상하게 볼거야 _____

잘 해야 할텐데 _____

내가 우습게 보일거야 _____

기타 생각 _____

_____

행동

말을 더듬는다 _____　　　　　　똑바로 응시하지 못한다 _____

그 자리를 일찍 떠난다 _____　　말을 안하고 가만히 있는다 _____

남의 눈에 띄지 않는 구석에 간다 _____

기타 행동 _____

_____

제2부 사회공포증을 어떻게 극복할 것인가?

•

5
내 생각의 잘못된 점은 무엇일까

일주일 동안 불안을 심하게 느낄 때마다 그 상황을 사회불안 기록표에 일일이 기록해보았습니까? 그리고 그 상황에서 여러분이 느끼는 불안지수가 몇 점이나 되는지 체크해보았습니까? 아마 처음에는 불안지수를 체크하는 것이 쉽지 않겠지만 일주일 동안 계속 체크하면서 조금은 익숙해졌으리라 생각합니다. 만일 아직도 자신이 없다면 앞에서 불안지수에 대해 설명했던 부분을 다시 한 번 읽어보십시오.

불안의 세 요소가 어떤 형태로 일어나는지도 관찰해보았습니까? 만일 제대로 기록하지 않았다면 좀 더 열심히 기록할 수 있는 방법은 없을까 찾아보십시오. 사회불안기록표를 수첩이나 지갑에 가지고 다니면서 적는 것도 좋은 방법입니다. 만일 자신의 반응을 한 번도 관찰하지 않았다면, 본 프로그램을 계속 진행하지 말고, 지난 주에 설명한 대로 자기 반응을 관찰하는 것부터 다시 시작하십시오.

이제 여러분은 자신이 어떤 상황에서 더 불안한지, 또 불안을 느낄 때 어떤 신체반응이나 행동, 생각이 나타나는지 잘 알게 되었을 것입니다. 이 장에서는 사회적 상황에서 여러분이 어떤 생각을 하는지 좀 더 자세히 살펴보고, 그 생각 중에 어떤 부분이 잘 못되었는지 검토해보고자 합니다.

잘못된 생각을 검토하는 것이 왜 필요한가?

우리는 예상치 못했거나 불쾌한 상황에 처하게 되면 기분이 우울해지거나 불안해집니다. 시험에 떨어졌다든지, 승진에 실패했다든지, 친구와 언짢은 일이 있었다든지, 상사와 마찰이 있었다든지 하게 되면 하루 종일, 혹은 며칠씩 기분이 나쁘고 계속해서 그 일이 떠올라 마음이 불편해지곤 합니다. 그러나 나와 똑같은 일을 겪은 사람인데도 상황을 잘 극복하고 자신의 감정을 잘 추스리는 사람이 있습니다. 즉 똑같이 힘든 상황을 겪었다고 해서 모든 사람이 다 똑같은 감정상태를 겪는 것은 아닙니다.

예를 들어 승진에 실패한 경우를 두고 보더라도 똑같은 상황인데도 도전의 기회로 생각하고 슬기롭게 위기를 잘 극복해나가는 사람이 있는가 하면, 자신을 낙오자, 실패자로 여겨 아무렇게나 자기를 내팽개치는 사람이 있습니다. 이 두 사람의 차이는 무엇일까요? 두 사람 모두 승진에 실패한 상황은 같지만 상황을 받아들이는 마음, 즉 사건이나 상황에 대한 생각은 다릅니다. 이렇게 같은 상황에 대해서도 다른 생각을 갖기 때문에 그 일에 대한 느낌이나 행동도 달라지게 되는 것입니다. 이처럼 감정이나 행동은 사건이나 상황에 의해 유발되는 것이 아니라, 그 상황에 대한 우리의 생각에 의해 결정됩니다.

따라서 우리는 생각을 변화시킴으로써 감정을 변화시킬 수 있습니다. 즉 어떻게 상황을 받아들이느냐, 어떻게 사건을 바라보느냐 하는 것이 곧 우리의 생각이고, 그 생각의 방향에 따라 우리의 감정상태 더 나아가서는 정신건강까지도 영향을 미치게 됩니다. 사회공포증의 경우도 마찬가지입니다. 3장과 4장에서 이미 설명했듯이 사회공포증에서 나타나는 신체적인 반응이나 행동은 우리

5장 내 생각의 잘못된 점은 무엇일까?

의 생각 때문에 나타나는 경우가 대부분입니다. 그러므로 사회공포증을 치료하는 데 있어서 잘못된 생각들을 먼저 검토하는 작업은 매우 중요합니다.

아마도 여러분은 사회공포증을 고치기 위해 이제까지 나름대로 노력을 해왔을 것이고, 그런 과정중에서 자기에게 잘못된 생각이 있다는 것을 어렴풋이 알아차렸을 것입니다. 그리고 '그렇게 생각하지 말아야지' 하고 수없이 자신에게 다짐하였을 수도 있습니다. 그럼에도 불구하고 사회공포증이 나아지지 않고 계속되는 것은 무엇 때문일까요?

첫번째 이유는 여러분의 생각들 가운데 어떠한 것들이 잘못된 것인지에 대해서 잘 알지 못하고 있다는 점입니다. 즉 자신이 가진 생각이 어딘가 잘못 되었다는 것을 어렴풋이 알고는 있지만 구체적으로 무엇이 잘못되었는지는 명확하게 파악하지 못하고 있는 경우가 많습니다.

두번째 이유는 사회공포증을 악화시키는 잘못된 생각을 어떻게 고쳐나가야 할지 정확히 모르고 있다는 점입니다. 다시 말해 어떤 상황에서 어떻게 생각하는 것이 보다 적절하고 타당한지 잘 알지 못하기 때문에 잘못된 생각을 수정하기가 쉽지 않습니다.

사회공포증을 가진 사람들이 불안하고 두려운 상황에 직면하게 되면 자신의 문제가 어떤 것인지, 어떤 부분을 고쳐야 하는지에 대해 생각하기보다는 무조건 '이렇게 생각하면 안 돼'라고만 생각하거나, 이미 그 문제에 대하여 생각하는 것만으로도 불안해져서 가능하면 그 상황을 잊어버리려고 애쓰는 경우가 많습니다.

다음은 불안을 느끼는 상황에서 사회공포증을 가진 사람들이 어떻게 생각하는지, 또 그 생각이 어떤 영향을 미치는지를 보여주는 사례입니다. 여기에는 앞서 소개한 정대리와 새로 소개할 황원장의 사례를 가지고 설명하겠습니다.

황원장은 큰 미용실을 운영하고 있으며, 45세된 세 아이의 엄마입니다. 황원장은 손님들을 많이 대하고 종업원도 가르치고 다스려야 하는데 사람들 앞에서 쉽게 얼굴이 상기되고 목소리가 떨려 사람을 대하는 것 자체가 두렵고 자신이 없다고 합니다. 특히 '남들이 나를 바라보는 것 같은 그런 느낌'을 받을 때면 더 긴장되고 가슴이 두근거립니다. 그럴 때면 할 말도 제대로 못하고 자신의 미용실력도 충분히 발휘하지 못해 어려움을 많이 겪고 있습니다. 게다가 가끔씩 미용사들이 모여 경연대회도 하고 미용사들 모임에서 강의나 시연을 해야 할 경우도 있는데, 그럴 때는 더더욱 긴장되기 때문에 가급적 그런 일은 피하곤 합니다. 황원장은 이러다가 손님들이 하나 둘씩 줄어들고 종업원들도 떠나서, 결국 미용실 문을 닫게 되지 않을까 매우 염려하고 있습니다.

정대리와 황원장은 함께 인지치료 프로그램에 참석하였으며, 자신의 생각을 알아나가는 과정에서 다음과 같은 이야기를 하였습니다.

치료자 : 자, 지난 주에 제가 여러분이 어떤 상황에서 불안을 느끼는지 잘 관찰해보라고 말씀드렸는데, 누가 한 번 자신의 경험을 말씀해보시겠어요?

정대리 : 지난 주에 한번은 친구하고 식당에서 밥을 먹는데, 사실 저는 여자들 앞에서 참 긴장을 잘하거든요. 그런데 그 때 저희 앞자리에서 여자 세 명이 밥을 먹고 있었어요. 친구랑 이야기하다가 우연히 앞자리를 보니 그 중 한 여자가 저를 쳐다보는 것 같은 느낌이 들었어요. 처음에는 무심코 봤는데 그 여자가 나를 쳐다본다고 생각하니까 갑자기 친구 얘기가 귀에 잘 들어오지 않고, 그 여자만 의식되고, 몸이 막 굳어지는 것 같은 느낌이 들었어요.

치료자 : 그때 어떤 생각이 들었는지 기억이 나세요?

정대리 : 글쎄요…. 온 몸의 근육이 굳어지고 얼굴이 화끈거리는 것은 알았는데, 생각은 … 아무 생각도 안 났던 것 같은데요. 보통 편안한 상황처럼 무슨 생각을 하고 그럴 만한 여유가 전혀 없는 상황이었어요.

치료자 : 그래요. 우리가 일단 당황하게 되면 그 순간에 어떤 생각을 했는지 알아차리기가 어렵죠. 그렇다면 지금 이 자리에서 이런 얘기를 하면서는 어떤 생각이 스쳐갔나요?

정대리 : 지금은, … 내가 이런 이야기를 하면 남들이 웃지 않을까 그런 생각이 약간 있었어요.

치료자 : 예. 그게 바로 생각이에요. 우리가 잘 관찰하지 않으면 아무 생각도 없었던 것처럼 지나치기가 쉽죠. 그렇지만 내가 불안했던 상황을 자세하게, 천천히

돌이켜보면 분명히 어떤 생각들이 스쳐 지나가는 경우가 많아요.

황원장 : 저는 우리 아이가 숙제로 붓글씨를 써가야 한다고 해서 제가 시범을 보여주려고 했는데, 사실 우리 애들 앞인데도 좀 떨리는 것을 느꼈어요. 그래서 얼른 그만 두고 말았어요. 더 이상 못하겠더라구요.

치료자 : 그러셨어요? 제가 방금 설명드린 것처럼 천천히 그 상황을 돌이켜본다면 그때 어떤 생각이 들었던 것 같아요?

황원장 : …… 애들이 내가 이러는 걸 알면 좋을 것이 없을 것 같고, 내가 왜 이럴까 하는 의문이 생기면서 그냥 싫더라구요. 그런 모습을 보이는 것이나 그런 생각이 드는 것 자체가 싫어서 그만 두었어요.

치료자 : 애들이 이걸 알면 어떡하나 그런 생각 말인가요?

황원장 : 그렇죠. 그리고 애들이 알면 엄마에 대한 신뢰감 같은 것이 없어질 것 같았어요. 우리 엄마가 왜 그럴까 하면서 이상하다고 생각을 하겠지, 그랬어요.

치료자 : 그런 일이 있으셨군요. 자, 그때와 비슷한 경험을 한 적은 더 없으신가요?

황원장 : 전에도 자주 겪은 일이지만 일을 하다가 주위에서 남들이 쳐다본다거나 시선이 집중되면 뭔가 당혹스러움을 느끼게 돼요. 뭔가를 '잘 해야 될텐데, 실수하지 말아야지'라고 생각하다 보니 더 긴장이 되고. 그러다 보니까 가슴이 두근거리고 얼굴이 상기되곤 해요.

치료자 : 뭔가를 '잘 해야 될텐데, 실수하지 말아야지'라고

생각하다 보니 더 긴장이 되신다는 이야기지요? 중요한 이야기를 하셨네요. 그 생각 말고도 긴장되고 얼굴이 상기될 때 떠오른 생각이 또 있었나요?

황원장 : 내가 이러면 안 된다는 생각을 하고 여기 와서 이런 프로그램에도 참가하고 있으니까 좀 나아지겠구나 하는 생각도 들고⋯⋯, 여기에 와서 알게 되었지만 저 같은 사람이 많이 있다는 얘기를 듣고 실제로 그런 사람들을 만나고 나니까 그게 많이 위로가 되고, 사실 예전보다 약간 나아진 것을 느끼기도 했어요.

치료자 : 예. 그러니까 이런 문제를 갖고 있는 게 나만이 아니구나 그런 생각이 드니까 불안이 좀 덜어진 거네요.

황원장 : 예전만 해도 사람들 앞에서 창피당했다고 생각되면 다른 것까지도 회피하게 되고, 창피스러우니까 생각 자체가 막연해졌는데, 지금은 나 같은 사람들도 있다는 그런 생각이 드니까 조금 나아진 것 같아요.

치료자 : 그래요. 바로 그런 의미예요. 예전에는 나만 이런 일을 겪는 것 같다, 내가 이상한 것을 다른 사람들이 알면 큰일난다고 생각했던 것을 이제는 나만 이런 일을 겪는 게 아니라고 생각하니까 덜 불안한 거죠. 그 말은 내가 어떤 생각을 하느냐에 따라 그 상황에서 느끼는 불안의 정도가 달라진다는 말인데, 생각이 중요하다는 건 바로 그런 의미예요.

위의 대화에서 볼 수 있듯이 여러분이 하고 있는 생각이 사회공포증을 지속시키거나 극복하는 데 매우 중요한 영향을 미치게 됩니다. 여러분이 가진 생각들 중 잘못된 부분을 분명하게 인식하고 이를 타당한 생각으로 수정하는 것이 사회공포증을 극복할 수 있는 열쇠입니다. 따라서 부정적인 생각들을 찾아내어 그것을 검토하고 이를 타당한 생각으로 수정하는 작업은 사회공포증 치료에 가장 핵심적인 부분이 될 것입니다.

사회공포증에서 관찰해야 할 반사적 생각

여러분은 사회공포증의 세 가지 요소 중 '생각'의 요소가 가장 중요하다는 것을 배웠습니다. 정대리의 경우, 여자를 만난 자리에서 거의 반사적으로 '잘 보여야 할텐데…', '재미있는 얘기를 해야 할텐데…', '내가 남자니까 대화를 이끌고 분위기를 잡아나가야 할텐데…'와 같은 생각들을 자동적으로 하고 있다는 것을 알게 되었습니다. 또 황원장의 경우는 '내가 떠는 것을 사람들이 다 보고 있을거야', '내가 잘못하면 손님들이 다 떨어져 나갈거야'와 같은 생각들을 자동적으로 한다고 말했습니다.

이처럼 사람들은 끊임없이 생각하며 살고 있습니다. 스스로 의식하고 있는 순간뿐 아니라 별로 의식하고 있지 않은 상태라 하더라도 머리 속에는 많은 생각들이 스쳐갑니다. 다만 깊이 의식하지 않은 상태에서 아주 순간적으로 스쳐 지나가는 생각들을 우리가 잘 파악하기 어려울 뿐입니다. 이와 같이 깊이 생각하지 않는 가운데 스쳐 지나가는 생각들을 인지치료에서는 '반사적 생각' 또는 '자동적 사고'라고 합니다. 이러한 생각들은 위에서 설명한 대로 그 내용을 파악하기도 어렵거니와 그 생각이 자신의 행동이나 태도에 미치는 영향을 알아차리기도 쉽지 않습니다. 왜냐하면 반사적 생각은 우리가 어떤 상황에 놓이게 될 때 거의 자동적으로 일어났다가 사라지기 때문입니다. 사회공포증을 유지시키는 데는 반사적 생각이 중요한 역할을 하기 때문에 이 반사적 생각을 잘 파악할 필요가 있습니다. 우선은 어떤 상황에서 반사적 생각을 관찰해야 하는지 알아보겠습니다.

불안한 상황에서 떠오르는 생각을 살펴보기

여러분은 앞장에서 사회불안기록표를 작성하면서 불안을 느꼈던 상황과 불안지수, 그때 떠오른 생각을 기록하는 연습을 해보았습니다. 여러분이 가장 우선적으로 주의를 기울이고 검증해야 하는 생각은 불안을 심하게 느끼는 바로 그 상황에서 떠올랐던 반사적 생각입니다. 만일 그 생각이 자주 떠오르는 생각이라면 그 생각을 더욱 세밀하게 검증해볼 필요가 있습니다. 왜냐하면 여러분에게 심한 불안을 느끼게 하고, 그런 상황에서 반복적으로 떠오르는 생각일수록 여러분의 사회공포증을 계속해서 악화시키는 데 핵심적인 역할을 하고 있을 가능성이 크기 때문입니다.

정대리는 이제 불안한 상황에서 드는 생각을 꽤 잘 파악하게 되었습니다.

정대리는 아는 사람의 소개로 선을 보기로 하였습니다. 약속장소는 시내에 있는 고급 호텔 레스토랑이었고, 정대리는 잘 차려입고 약속장소에 나갔습니다. 그러나 만나기로 한 상대는 10분, 20분이 지나도록 나타나지 않았습니다. 정대리는 초조하게 상대방을 기다리다가 문득 주위를 둘러보았습니다. 잘 차려입고 혼자 앉아 있는 사람은 자신뿐이라는 생각이 들자 갑자기 주변사람들이 모두 자기를 쳐다보는 것처럼 생각되었습니다. 심지어는 웨이터조차 자신을 흘끔거리고, 왜 빨리 안 나가느냐는 듯한 표정을 짓는 것 같았습니다. 그때 정대리의 머리 속에는 '다른 사람들이 모두 내가 바람맞은 것을 알거야', '저 웨이터가 기분 나쁜 표정을 짓는 것은 자리도 별로 없는데 내가 20분이 넘도록 혼자 앉아 있었기 때문일거야'라는 생각이 떠올라 매우 불안해졌습니다. 심지어는 다른 사람들이 이야기하면서 웃는 것만 보아도 '내 얘기를 하면서 웃는 것'이라는 생각이 들었고, 마침내는 그 자리를 나와버렸습니다.

이것을 인지훈련기록지에 적어보면 표 5-1과 같습니다. 인지훈련기록지는 여러분이 불안을 느낀 상황과 그 때 떠오른 반사적 생각, 이것에 해당되는 인지적 오류, 그리고 이를 타당한 생각으로 바꾸는 것까지 모두 기록하게 되어 있습니다. 여러분은 반사적 생각을 찾아내는 것까지 하였으므로 여기에는 반사적 생각까지만 표에 기록하였습니다.

표 5-1. 정대리의 인지훈련기록지

상 황	반사적 생각	인지적 오류	타당한 생각
호텔 레스토랑에서 선 볼 상대를 기다릴 때	'다른 사람들이 내가 바람 맞은 것을 알거야' '웨이터가 자꾸 나를 쳐다보는 것은 내가 오래 앉아 있었기 때문일거야' '내가 바람맞은 것을 알고 나를 우습게 볼거야'	① 파국적예상 ② 나와관련짓기 ③ 지레짐작하기 ④ 흑백논리 ⑤ 강박적부담	(질문:)

불안한 상황을 예상했을 때 떠오르는 생각을 살펴보기

때로 여러분은 불안한 상황에 들어가기도 전에 미리 그 상황에 대해 여러 가지 생각을 해보는 경우가 있습니다. 그래서 상황에 실제로 부딪쳐보기도 전에 여러 가지 생각을 하다가 그 상황을 아예 피해버리기도 합니다.

황원장의 경우, 얼마 전에 친구한테 전화를 받았는데 전화를 받을 때까지는 그렇게 불안하지 않았다고 합니다. 그런데 만날 약속을 정하고 전화를 끊고 나니 갑자기 불안해지기 시작했습니다. 그래서 그 이유를 살펴보니까, 그때 황원장의 머리 속에는 다음과 같은 생각이 떠올랐습니다. 즉 '나는 원래 친구들이 많이 모이면 말을 잘 못하는데 이번에도 나갔다가 말도 제대로 못하고 괜히 분위기만 어색하게 만들지나 않을까? 그렇게 되면 친구들이 나는

상 황	반사적 생각	인지적 오류	타당한 생각
친구들과의 모임을 예상했을 때	'나는 원래 말을 잘 못하는데 이번에도 역시 그럴거야' '나 때문에 괜히 분위기만 망칠거야' '친구들이 나를 말도 잘 못하는 사람으로 취급하면 앞으로는 다시 만나려고 하지도 않을거야'	① 파국적예상 ② 나와관련짓기 ③ 지레짐작하기 ④ 흑백논리 ⑤ 강박적부담	(질문:)

표 5-2. 황원장의 인지훈련기록지

말도 잘 못하는 사람으로 취급하고 앞으로는 전화도 안 하고 나를 만나려고 하지도 않을거야' 라는 생각이 들었던 것입니다. 황원장의 반사적 생각을 인지훈련기록지에 적어보면 표 5-2와 같습니다.

이제는 반사적 생각이란 무엇이고, 우리가 하는 생각 중에 어떤 생각들이 여기에 속하는지에 대하여 이해가 되었습니까? 처음에는 얼른 떠오르지 않더라도 계속 연습해보면 불안한 상황에서, 혹은 불안한 상황을 예상하면서 드는 반사적 생각들을 찾아낼 수 있을 것입니다.

여러분이 지난 한 주 동안 불안을 느꼈던 상황이 있다면 다시 한번 그 상황으로 돌아가 그때 떠올랐던 생각이 무엇인지 기억해보십시오. 여기에는 정해진 답이 없습니다. 그리고 사람마다 동일한 상황이라도 떠오르는 생각은 다릅니다. 불안한 상황에서 여러분에게 떠올랐던 모든 생각들을 찾아내어 표 5-3에 기록해보십시오.

상 황	반사적 생각	인지적 오류	타당한 생각
		① 파국적예상 ② 나와관련짓기 ③ 지레짐작하기 ④ 흑백논리 ⑤ 강박적부담	(질문:)
		① 파국적예상 ② 나와관련짓기 ③ 지레짐작하기 ④ 흑백논리 ⑤ 강박적부담	(질문:)
		① 파국적예상 ② 나와관련짓기 ③ 지레짐작하기 ④ 흑백논리 ⑤ 강박적부담	(질문:)
		① 파국적예상 ② 나와관련짓기 ③ 지레짐작하기 ④ 흑백논리 ⑤ 강박적부담	(질문:)
		① 파국적예상 ② 나와관련짓기 ③ 지레짐작하기 ④ 흑백논리 ⑤ 강박적부담	(질문:)

표 5-3. 인지훈련기록지(상황과 반사적 생각 적기)

사회공포증에서 흔히 나타나는 인지적 오류

사회공포증을 가진 사람들의 반사적 생각들은 의미면에서 보면 크게 몇 가지로 분류할 수 있습니다. 이와 같이 여러 반사적 생각들에 공통적으로 나타나는 체계적인 잘못을 '인지적 오류'라고 부릅니다. 지금부터는 인지적 오류에는 어떤 것들이 있고, 이것이 사회공포증과 어떻게 관련되어 있는지를 알아보도록 하겠습니다.

파국적 예상

실제로는 그렇지 않음에도 불구하고 어떤 사건을 '매우 위험하고, 감당할 수 없고, 큰 재앙을 일으킬 것 같은' 것으로 생각하는 경향을 파국적 예상이라고 부릅니다. 즉 어떤 사건의 결과를 실제보다 더 나쁘게 확대해서 예상하는 것이라고 할 수 있습니다. 사회공포증을 가진 사람들은 어떤 일로 인하여 일어날 수 있는 결과 중에 최악의 것만을 골라 상상한 후, 틀림없이 그대로 될 것이라고 믿어버리는 경우가 많습니다. 황원장의 경우에도 친구의 전화를 받고 나서 떠오른 생각들을 따라가보면 친구들이 자기를 말도 잘 못하는 사람으로 낙인찍어서 결국에는 아무도 자신과는 만나려고 하지 않을 것이라는 식으로 결과를 매우 부정적으로 확대해서 예상하고 있습니다. 다음의 사례를 보면 더욱 이해가 잘 될 것입니다.

황원장은 손님들 앞에서 말을 할 때 얼굴이 붉어지고 목소리가 떨리는데 그럴 때마다 '아마 종업원들이 나를 무능력하게 생각하고 얕잡아볼거야. 날 우습게 볼테니 미용실 일도 대충대충 하고 내 말도 안 듣고 그러다가 결국 손님도 줄어들고 난 미용실 문을 닫게 될거야'라는 식으로 생각합니다. 즉 얼굴이 붉어지고 목소리가 떨리는 것에서 일어날 수 있는 최악의 결과를 상상하고 그대로 믿어버린다는 것입니다.

나와 관련짓기

자신과는 무관한 다른 사람의 행동을 '나 때문에 생긴 일', 혹은 '내 탓이야'라고 생각하는 경향을 '나와 관련짓기'라고 합니다. 이러한 생각은 다른 사람이 우연히 하게 된 행동을 나와 관련이 있다고 생각하기 때문에 거의 예외없이 죄책감이나 당혹감을 불러일으킵니다.

여기에서는 새로 김양의 사례를 가지고 설명하겠습니다.

　20세인 김양은 작년에 상업고등학교를 졸업하고 조그만 무역회사에 취직해 있다가 6개월만에 그만 두고 현재는 컴퓨터 학원에 다니고 있습니다. 김양은 원래 소심하고 얌전한 성격인데 사람들 앞에서 말을 하거나 일할 때 심하게 가슴이 뛰고 얼굴이 붉어지며 말을 더듬어서 지난번 다니던 회사에서도 어려움이 많았다고 합니다. 컴퓨터 학원을 다니면서도 다른 사람에게 말을 걸어야 할 경우에는 당황스럽고 진땀이 나곤 합니다. 김양은 친구도 별로 없어 점심 먹으러 갈 때 혼자 가는 경우가 많은데 그런 때는 더욱 남들이 자신을 쳐다보는 것 같아 신경이 곤두서고, 어떤 때는 다른 사람의 시선이 부담스러워 아예 밥을 굶어버리는 경우도 많습니다. 김양은 현재 컴퓨터를 배우고는 있지만 이런 문제 때문에 앞으로도 직장생활을 제대로 할 수 있을지 고민이 많습니다.

　김양은 어느 날 친구들과 컴퓨터 학원에서 이야기를 나누고 있었습니다. 그 때 마침 같은 학원에 다니는 남자 두 명이 그 앞을 지나가면서 웃는 것이었습니다. 그 남자들은 사실 김양을 보고 웃은 것도 아니었으나 김양은 그 남자들이 자기를 보고 웃는다고 생각했습니다. 그 날따라 김양은 올이 나간 스타킹을 신고 있었는데 그 남자들이 그 사실을 알아채고 웃는다고 생각하니 얼굴이 달아오르면서 가슴이 뛰기 시작했습니다. 사실 김양의 스타킹이 나간 것은 언뜻 봐서는 거의 알아차리기가 어렵고, 또 그 남자들이 김양이 앉아 있는 자리와는 멀리 떨어져서 지나갔는데도 불구하고 김양은 자기 때문이라고 생각한 것입니다.

지레짐작하기

'지레짐작하기'라는 것은 말 그대로 자신이 느끼기에 어떨 것 같다고 생각하면 그것을 객관적 사실로 받아들이는 것을 말합니다. 그렇지만 그것이 현실과는 다를 수 있는 주관적 판단이라는 것을 알지 못합니다. 예를 들어 '남들이 나를 이상하게 생각할 것 같아' 라는 느낌이 들 때 그것을 곧 사실로 믿어버리는 것을 말합니다.

김양은 사람들과 말을 할 때 가슴이 심하게 뛰고 얼굴이 붉어지는 것 때문에 다른 사람들이 자기를 좋아하지 않을 것이라고 생각합니다. 전에 다니던 직장사람들은 물론이고 잘 알고 지내던 친구들조차 이런 모습의 자기를 좋아하지 않을 것이고, 자신이 친구들 모임에 가면 친구들이 불편해 하고 싫어할 것이라 생각하여 아예 친구들 모임에도 나가지 않으려 합니다. 즉 자신이 느끼기에 친구들이 나를 싫어할 것 같다고 생각하면, 이를 검증해야 할 가설로 받아들이는 것이 아니라 확고부동한 객관적 사실로 받아들이는 것입니다.

이번에는 정대리의 이야기를 직접 들어볼까요?

'전 사실 회사일로 남들한테 이야기하기 어려운 고민이 있어요. 저는 이번에 부서를 새로 옮겼는데, 사실 왜 옮겼느냐

하면 지난 번 부서에서 업무회의 때 발표를 잘 못하고 해서 윗사람한테 지적당한 적이 있거든요. 그래서 결국 거기에서는 진급이 안 될 것 같아서 다른 데로 옮기게 되었어요. 새 부서에서는 나를 잘 봤기 때문에 승진할 가능성도 있을 것 같아서 옮겼는데 제 마음 속에는 지난 번 부서에 있을 때 내가 당한 창피스러운 일들을 모든 직원들이 다 알고 있다는 생각이 자꾸 들어요. 그래서 직원들을 만나도 '어이구, 저 녀석 바보 같이 여기서 적응 못하고 다른 데로 갔구나'라고 생각할 것 같으니까 떳떳하게 말도 못하고, 또 새로 온 부서에도 분명히 같은 울타리니까 소문이 다 퍼졌을 것 같더라구요. 간부들이나 윗사람을 만나면 '아, 저 사람들이 예전에 나를 평가했으니까 내가 여기 있는 이유를 다 알겠구나' 그런 생각부터 들고, 어쩌다 같은 사무실에서 윗사람을 보았는데 그 분의 표정이 이상하거나 어색해지면 벌써 '아, 이 사람이 내 그런 소문을 듣고, 나를 탐탁해 하지 않는구나' 그렇게 되죠. 이런 생각들이 지레짐작이 아닌가 하면서도 상당히 신경이 쓰여요.'

지레짐작하기의 오류는 언뜻 보기에 나와 관련짓기 오류와 구별하기 어려울 수 있습니다. 이 두 가지 오류사이의 차이점은 지레짐작하기는 다른 사람의 생각이나 감정을 내가 그럴 것 같다고 추측하는 대로 믿어버리는 것이고, 나와 관련짓기 오류는 실제로는 자신과 관련없는 다른 사람의 행동을 자신과 관련된 것으로 생각하는 것입니다. 이 둘은 동시에 일어날 수도 있는데, 예를 들어 정대리가 '상사가 나 때문에 화가 나서 부서모임을 취소했을거야' 라고 생각한다면 상사가 실제로는 화가 나지 않았는데도 불구하고 화가 났다고 생각한 지레짐작의 오류와 부서모임 취소가 자기 때문이라고 생각한 나와 관련짓기 오류를 동시에 저지르게 되는 것입니다.

흑백논리

흑백논리라는 말은 우리가 일상생활 속에서 흔히 접할 수 있는 말입니다. 사건의 다양성이나 이면을 생각하지 않고, '성공 아니면 실패', '똑똑한 것 아니면 어리석은 것', '좋은 것 아니면 나쁜 것' 이라는 식의 극단적이고 이분법적인 생각을 흑백논리라고 합

5장 내 생각의 잘못된 점은 무엇일까?

니다. 점수로 표현한다면 점수는 0점부터 100점까지 있는데, 흑백논리가 강한 사람은 100점이 아니면 나머지는 모두 0점으로 생각하는 경향을 보입니다.

황원장은 자신의 분야에서는 비교적 실력을 인정받는 미용사로 가끔씩 미용경연대회에 나갈 기회가 있습니다. 그렇지 않아도 다른 사람의 이목이 집중되는 것을 불안해 하는 황원장으로서는 상당히 긴장되는 경험입니다. 경연대회가 시작되어 머리를 만지면서 한번에 마음에 쏙 들게 머리모양이 만들어지면 다행이지만, 조금이라도 마음에 들지 않는다거나 마음먹은 대로 잘 되지 않으면 황원장의 마음 속에는 '도대체가 엉망이군. 이번에도 완전히 망쳤어'라는 생각이 들면서 잘 해보려는 마음이 싹 가셔버리곤 합니다. 즉 마음에 쏙 들게 잘 한 것이 아니면 모두 완전히 망친 것이라는 두 가지 기준으로만 평가를 한다는 것입니다.

강박적 부담

사회공포증을 갖고 있는 사람들은 다른 사람들의 평가에 과도하게 신경을 쓰는 나머지 완벽주의적인 경향을 갖는 경우가 상당히 많습니다. 이러한 사람들의 생각에는 '해야만 해', '해서는 안 돼'가 매우 많습니다. 다른 사람들 앞에서 말을 잘 해야 할 뿐 아니라, 목소리를 떨어서도 안 되고, 얼굴을 붉혀서도 안 됩니다. 내가 떨고 있는 것을 남들이 눈치채기라도 하면 감당할 수 없는 엄청난 일이 일어난 것이라고 여깁니다. 실수를 하지 않는 사람은 없습니다. 그런데 사회공포증을 가진 사람은 자신의 사소한 약점이나 실수에 대해서도 너무나 엄격한 기준을 세우고 있습니다. 정도의 차이는 있을지 모르지만 사회공포증을 가진 사람 중 강박적 부담을 갖지 않은 사람은 거의 없을 정도로 매우 흔하게 나타나는 인지적 오류입니다.

그렇다면 강박적 부담이란 구체적으로 어떤 것인지 다음의 사례를 통해 살펴볼까요.

치료자 : 지금까지 어떤 종류의 인지적 오류가 있는가 살펴보았는데, 여러분은 주로 어떤 인지적 오류를 범하는지 누가 얘기해보시겠어요?

정대리 : 저는 아주 간단한 상황이지만 특별한 경험을 했어요. 책상에서 글을 쓰고 있는데 동료직원이 와서 뭘 물어보더라구요. 그걸 의식하자마자 긴장이 되면서 불안해졌어요. 그래서 제가 그 상황에서 반사적으로 지나간 생각이 무엇인가 생각해봤더니 우선은 '내가 남들이 쳐다보는 걸 굉장히 의식하는구나'하는 생각이 들었습니다. 그래서 이게 무슨 인지적 오류일까 나름대로 분석해보니…, 상대방이 나를 쳐다보면 긴장한다는 건, 그 사람으로부터 좋은 평가를 받고 싶고, 실수하는 모습을 보이면 안 되겠다는 의무감 때문이 아닌가 하는 생각이 들어요. 그런 생각이 합당한지는 잘 모르겠지만 어쨌든 그렇게 속으로 의식을 하니까 마음이 편해지고 머리가 개운해지는 느낌이

들었어요.

치료자 : 예. 정말 중요한 사실을 잘 깨달으셨네요. 지금 말씀하신 것처럼 남이 지켜보는 순간에 자신도 모르게 긴장이 되는 건 아마 '잘 해야지'하는 생각이 들기 때문일 거예요.

황원장 : 저도 그런 일이 되풀이된 것 같아요. 우리 종업원들이 제 기술을 보려고 쳐다보는 과정에서 비슷한 걸 느꼈거든요. 사실 그때는 너무 부담스럽고 긴장이 됐어요. 같이 일하고 있는 미용사가 있는데 성격이 활달해요. 그래서 그 사람은 남들이 쳐다보는 걸 아무렇지 않게 생각하는 줄 알았는데 그 사람도 자기가 일할 때 남들이 쳐다보는 것을 아무렇지도 않게 생각하고 있진 않더라구요. 그걸 보고는 누구나 자기를 쳐다보면 공통적으로 긴장하는 것이 아닌가 하는 생각이 들었고, '나 혼자만이 아니라 다른 사람도 그런 부담을 갖고 있구나'라고 생각하니까 마음이 좀 편해졌어요.

위의 사례 중에서 정대리는 자신이 가장 부담스러운 이유가 다른 사람으로부터 좋은 평가를 얻고 싶기 때문이라고 하였습니다. 이렇게 생각하는 과정에서 정대리는 '내가 조금이라도 실수하면 좋은 평가를 얻을 수 없을 거야' 라는 식의 인지적 오류를 보이고 있습니다. 이것은 앞에서 살펴본 것 중에 강박적 부담에 해당하는 것이 될 것입니다.

이제까지 설명해드린 다섯 가지 인지적 오류의 개념을 여러분

들이 확실히 익히도록 하기 위하여 다음 몇 가지 예를 들겠습니다. 다음은 불안한 상황과 그 상황에서 떠오른 반사적 생각들입니다. 각각의 경우가 어떠한 인지적 오류에 해당하는지를 표 5-4에 체크해보십시오.

인지적 오류를 찾는 과정 중에 인지적 오류가 하나 이상인 경우도 찾을 수 있을 것입니다. 지금까지는 여러분의 이해를 돕기 위해 인지적 오류를 따로 설명해드렸지만, 이는 서로 배타적인 것

표 5-4 인지훈련기록지(인지적 오류 찾기)

상 황	반사적 생각	인지적 오류	타당한 생각
부하직원이 보는 앞에서 결재서류에 사인할 때	'내 손이 떠는 것을 보고 날 우습게 생각할거야. 그러면 이 소문이 퍼져 사장 귀에까지 들어갈지도 모르고 그렇게 되면 나는 더 이상 회사를 다닐 수가 없어'	① 파국적 예상 ② 나와관련짓기 ③ 지레짐작하기 ④ 흑백논리 ⑤ 강박적 부담	
지하철에서 옆사람이 갑자기 자리를 옮겼을 때	'아마 내 땀 냄새가 지독해서 숨을 쉴 수가 없었을 거야. 얼마나 불쾌했다면 자리까지 옮길까'	① 파국적 예상 ② 나와관련짓기 ③ 지레짐작하기 ④ 흑백논리 ⑤ 강박적 부담	
길에서 아는 사람을 봤는데 그 사람이 그냥 지나쳤을 때	'저 사람이 나를 본 게 분명한데 왜 나를 못 본 체하고 지나칠까. 아는 척하기도 꺼려할 정도로 나를 싫어하지 않고는 저럴 수가 없어'	① 파국적 예상 ② 나와관련짓기 ③ 지레짐작하기 ④ 흑백논리 ⑤ 강박적 부담	
회식자리에서 노래하다가 음정이 틀렸을 때	'아니, 잘 나가다가 이런 실수를 하다니, 노래를 완전히 망쳐버렸잖아'	① 파국적 예상 ② 나와관련짓기 ③ 지레짐작하기 ④ 흑백논리 ⑤ 강박적 부담	
수업시간에 발표할 때	'발표를 아주 잘 해서 애들이나 선생님이 듣고 놀랄 정도로 해야 할텐데'	① 파국적 예상 ② 나와관련짓기 ③ 지레짐작하기 ④ 흑백논리 ⑤ 강박적 부담	

※ 정답은 6장에서 확인하십시오.

제2부 사회공포증을 어떻게 극복할 것인가?
•

이 아니므로 한 가지 반사적 생각에 여러 가지 인지적 오류가 함께 나타날 수 있습니다.

여러분은 이미 지난 시간에 불안한 상황이나 불안을 느낄 때 떠오르는 생각이 무엇인지 관찰해보았습니다. 이제 그 생각들에 어떤 종류의 인지적 오류가 포함되어 있는지 한번 생각해보십시오. 다른 훈련과 마찬가지로 반사적 생각에 어떤 종류의 인지적 오류가 나타나는지는 금방 배울 수 있는 것이 아닙니다. 그렇지만 나에게 어떤 종류의 인지적 오류가 나타나는지를 아는 것은 매우 중요하기 때문에 반복적인 연습이 필요합니다.

연습 ···

앞에서 연습한 대로 일주일 동안 생활하면서 혹은 그 이전에 불안을 느꼈던 상황에서 떠올랐던 자신의 반사적 생각에는 어떤 것이 있는지, 그리고 그 생각에서 어떤 인지적 오류가 나타나는지 관찰해보십시오. 그리고 그것을 인지훈련기록지에 모두 기록해보시기 바랍니다.

인지훈련기록지(인지적 오류 찾기)			
상 황	반사적 생각	인지적 오류	타당한 생각
		① 파국적 예상 ② 나와 관련짓기 ③ 지레짐작하기 ④ 흑백논리 ⑤ 강박적 부담	(질문:)
		① 파국적 예상 ② 나와관련짓기 ③ 지레짐작하기 ④ 흑백논리 ⑤ 강박적 부담	(질문:)
		① 파국적 예상 ② 나와관련짓기 ③ 지레짐작하기 ④ 흑백논리 ⑤ 강박적 부담	(질문:)
		① 파국적 예상 ② 나와관련짓기 ③ 지레짐작하기 ④ 흑백논리 ⑤ 강박적 부담	(질문:)
		① 파국적 예상 ② 나와관련짓기 ③ 지레짐작하기 ④ 흑백논리 ⑤ 강박적 부담	(질문:)

5장 내 생각의 잘못된 점은 무엇일까?

6
잘못된 생각을 어떻게 바꿀 것인가

지난 장에서는 사회공포증에서 관찰하여야 할 반사적 생각이 무엇이며, 어떤 인지적 오류가 있는지 알아보았습니다. 일주일 동안 자신의 반사적 생각들을 자세히 관찰해보았습니까? 또 자신의 반사적 생각 속에 어떤 오류가 있는지 스스로 찾아보았습니까? 쉽게 하신 분도 있겠지만 대부분의 경우 쉽지 않다고 느꼈을 것입니다. 우선 반사적 생각이라는 것 자체를 관찰한다는 것이 그리 쉬운 일은 아닙니다. 왜냐하면 반사적 생각은 우리가 의식하는 것도 아니고 의도하는 것도 아니기 때문에 자세히 관찰하기 전에는 쉽게 파악되지 않습니다. 더구나 오랫동안 몸에 배어 있던 반사적 생각을 알아내고 그 속에 어떤 오류가 있는지 찾아내는 데는 꾸준한 연습이 필요합니다.

지난 장에서는 반사적 생각을 검토하는 첫번째 방법으로서 인지적 오류가 있는지 살펴보는 방법을 배웠습니다. 여러분은 얼마 전까지만 해도 자신이 반사적으로 어떤 생각을 하고 있는지 모르고 있었을 것입니다. 그러던 상태에서 자신 속에 있는 생각을 파악하고, 또 한 걸음 더 나아가서 인지적 오류가 있는 것을 집어낼 수 있게 되었다는 것은 대단한 발전입니다.

이제부터 해야 할 두번째 작업은 자신의 반사적 생각에서 나타나는 인지적 오류를 바로잡아 이를 타당한 생각으로 바꾸는 일입니다. 지난 시간에 우리가 다루었던 다섯 가지 인지적 오류, 즉 파국적 예상, 나와 관련짓기, 지레짐작하기, 흑백논리, 그리고 강박적 부담 각각에 대하여 잘못된 반사적 생각을 타당한 생각으로 바로잡는 법에 대하여 살펴보겠습니다.

파국적 예상의 오류를 어떻게 바로잡을까:
실제로 어떤 일이 일어날까 생각해보기

파국적 예상이란 어떤 사건의 결과를 실제보다 더 나쁘게 확대해서 생각하는 것입니다. 즉 불안을 느낄 만한 상황에 처하면 자신도 모르게 그 결과를 실제보다 더 위험한 것으로, 혹은 부정적인 것으로 생각하게 되고, 그 상황에서 일어날 일들을 차마 직면할 수 없을 정도로 끔찍하게 여긴다는 것입니다. 그리고 그러한 상황에 처한 자신을 매우 형편없고 비참한 존재로 생각하게 됩니다. 이러한 오류를 바로잡기 위해서는 '실제로 어떤 일이 일어날까, 내가 예상하는 결과가 과연 사실로 나타날 가능성이 있을까' 하는 것을 찬찬히 따져보는 것이 도움이 됩니다. 다음의 경우를 살펴봅시다.

미용사 황원장은 손님들 앞에서 말을 할 때 얼굴이 붉어지고 목소리가 떨리는데, 이 때 마음 속으로 '종업원들이 나를 무능력하게 생각하고 얕잡아볼거야. 그러면 미용실 일도 제대로 하지 않으려 하고 손님도 줄어들어 결국은 미용실 문을 닫게 될거야' 라고 생각합니다. 황원장의 이런 생각에는 파국적 예상의 오류가 숨어 있습니다. 얼굴이 좀 달아오르고 목소리가 떨리는 것 때문에 미용실 문을 닫게 되는 경우까지 상상하는 것은 사소한 일로 너무나 나쁜 결과를 예상하는 것입니다.

이 때 황원장은 자신에게 다음과 같은 질문을 던져볼 수 있습니다. '손님들 앞에서 얼굴이 붉어지고 목소리가 떨릴 때 실제로 어떤 일이 일어날까'. 황원장 생각에는 다른 사람들이 자기가 떠는 것을 알아차리게 되면 자신을 무능하고 우습게 보아서, 결국 어렵게 키워온 미용실이 문을 닫게 되는 일까지도 생길 것이라고 느꼈습니다.

그러면 그 상황에서 이런 일이 일어날 가능성이 실제로 있는지 생각해봅시다. 황원장이 손님들 앞에서 얼굴이 붉어지고 목소리가 떨린다고 했을 때 실제로 일어날 수 있는 일은, 종업원이나 손님들이 이를 알아차려서 처음에 자기들끼리 조금 수근대거나, 기껏해야 황원장을 수줍음이 많은 사람으로 생각하는 정도가 그 상황에서 있을 수 있는 가장 타당한 가능성일 것입니다. 그렇다면 처음에 자기들끼리 황원장에 대해서 얘기하고, 그를 수줍음이 많은 사람으로 보는 것에서 더 나아가 황원장을 무시한다거나 얕잡아본 나머지 손님들이 줄어들고 종업원들이 그만 두고 떠날 가능성은 실제로 얼마나 될까요? 바로 이 부분부터 황원장은 사건을 실제보다 훨씬 더 확대시켜 부정적으로 예상하는 파국적 예상의 오류를 범하고 있습니다. 왜냐하면 황원장의 미용기술이 정말로 뛰어나다면 사람들 앞에서 조금 불안해보일지라도 결코 종업원들이나 손님들이 무능력하게 보고 얕잡아볼 리가 없기 때문입니다. 그리고 사람들이 황원장을 얕잡아보지 않는다면 결코 미용실 일을 대충대충 하지도 않을 것이고, 미용실 문을 닫게 되는 일은 더더욱 없을 것입니다.

그러면 이 때 황원장이 할 수 있는 타당한 생각은 어떤 것일까요? '그래, 내 얼굴이 좀 붉어지고 목소리가 떨리긴 하지만, 사람들이 이를 알아차린들 뭐 어때, 나를 수줍음이 좀 많은 사람으로 보는 정도겠지. 나에게 중요한 건 손님들의 머리를 정성껏 잘 하는거야. 내가 하는 일에 집중해서 머리를 잘 손질한다면 결코 사람들이 나를 무시하지 않을거야'. 이와 같이 잘못된 반사적 생각을 타당한 생각으로 바꾸고 보니 떨리는 정도가 덜해졌습니다.

앞서 1장에서 제시되었던 윤양의 경우에는 곧 있을 연주회에서 '너무 긴장한 나머지 큰 실수를 저지르고, 그 실수로 인하여 결국은 연주회를 망치고 직장을 잃게 될지도 모른다'고 생각하고 있습니다. 그렇다면 실제로 윤양이 연주하면서 악보 몇 군데를 잘못 연주했다고 합시다. 윤양이 혼자서 연주하는 것도 아니고, 여러 사람이 연주하면서 한두 군데 음을 잘못 낸다고 해서 다른 사람들이 바로 그것을 알아차릴 가능성은 높지 않으며, 설사 알아차린다고 해도 그것 때문에 연주회가 실패할 가능성은 별로 없습니다. 게다가 지금까지 윤양은 졸업 음악회 등을 통하여 몇 차례 큰 연주회를 무난하게 해낸 경험이 있습니다. 물론 간간이 약의 힘을 빌리기는 했지만, 연주회에서 실수를 했다기보다는 오히려 다른 사람에게 잘 했다고 칭찬을 받은 경우가 더 많았습니다. 그렇다면 앞으로의 연주회에서 윤양이 커다란 실수를 할 가능성은 그렇게 높지 않을 것이고, 그것 때문에 윤양이 직장을 잃을 가능성은 실제로는 거의 없다고 해도 좋을 것입니다.

따라서 윤양은 지금처럼 생각하기보다는 '내가 연주회 도중에 긴장해서 약간 실수를 할 수도 있지만, 그때 얼른 호흡을 가다듬고 다시 연주를 따라가면 다른 사람들이 잘 알아차리지 못할거야. 그리고 나는 이 연주회에 대비해서 연습을 많이 했고, 지금까지 비교적 잘 해왔기 때문에 그렇게까지 큰 실수는 저지르지 않을거야' 라고 생각하는 것이 훨씬 타당한 생각입니다.

자, 위의 사례에서 여러분은 어떻게 하면 파국적 예상의 오류를 바로잡을 수 있는지 아셨을 것입니다. 바로 '실제로 어떤 일이 일어날까'를 자신에게 반문하는 것입니다. 이와 같이 할 때 파국적 예상의 오류를 상당 부분 고칠 수 있을 것입니다.

나와 관련짓기 오류를 어떻게 바로잡을까:
다른 이유는 없을까 생각해보기

나와 관련짓기란 자기와 아무런 관련이 없는 일을 나 때문에 생긴 일이라고 생각하는 것입니다. 사회공포증이 있는 사람들은 불안한 상황에 처하면 자신도 모르게 그 상황에서 일어난 일들을 자기와 관련지어 생각하려는 경향이 있기 때문에, 그 상황을 객관적으로 보지 못하는 수가 많습니다. 그 결과 잘못된 일에 대해 근거 없이 자신을 탓하고 비하하게 됩니다. 이러한 오류를 바로잡기 위해서는 내가 생각하는 이유 외에 '그 일을 설명할 만한 다른 이유는 없을까'를 생각해보는 것이 도움이 됩니다.

새로운 사례로 신부장을 소개하겠습니다.

신부장은 45세된 가장으로서, 회사에서 업무능력을 인정받고 있는 대기업의 간부사원입니다. 겉으로 보기에는 남들이

다 부러워할 정도의 지위와 가정을 이루었지만, 그에게는 남 모르는 고민이 있습니다. 그것은 바로 대기업의 임원으로서, 사원들을 교육시키거나 연수시킬 때 앞에 나가 강의도 해야 하고, 또 임원회의에서 브리핑을 하거나 토론을 할 기회도 많다는 것입니다. 이 때마다 신부장은 가슴이 심하게 뛰고 얼굴이 달아오르며 말도 자꾸 더듬게 되고, 너무 긴장된 나머지 끝나고 나면 자기가 무슨 말을 했는지조차 기억이 잘 안 난다고 합니다. 이것 때문에 신부장은 부하직원들의 시선에 자꾸 신경이 쓰일 뿐 아니라, 이러다가 사장에게조차 신임을 잃게 될까봐 매우 두려워하고 있습니다.

신부장의 경우 임원회의가 갑자기 취소되자, 사장이 회의석상에서 말을 당당하게 못하는 자기를 불편하게 여겨 취소한 것으로 생각했습니다. 신부장의 이러한 생각에는 나와 관련짓기의 오류가 숨어 있습니다. 즉 신부장은 아무런 근거없이 사장이 갑자기 회의를 취소한 이유가 자신에게 있다고 생각한 것입니다.

이때 신부장은 자신에게 다음과 같은 질문을 던져볼 수 있습니다. '사장이 회의를 갑자기 취소한 것을 나 때문이라는 것 말고 달리 설명할 이유는 없을까?'. 사실 이런 상황에서 우리가 생각해볼 수 있는 이유는 꽤 여러 가지가 있습니다. 사장이 갑자기 더 중요한 일이 생겨서 약속을 변경했을 수도 있고, 컨디션이 안 좋아서 그랬을 수도 있습니다. 설령 신부장의 당당하지 못한 모습을 평소에 탐탁치 않게 여기고 있더라도 그것 때문에 임원회의를 취소하는 어리석은 사장은 없을 것입니다. 그럼에도 불구하고 신부장은 '혹시 나 때문이 아닐까, 나 때문인 게 분명해' 하고 생각했던 것입니다.

이때 신부장은 그 일이 자기 때문이라고 생각하는 대신, '임원으로서 당당하게 행동하지 못하는 나를 사장이 별로 탐탁치 않게 여기는 줄은 알아. 그렇지만 그런 이유 때문에 사장이 회의까지 취소할 정도로 나를 싫어하지는 않아. 다른 부분에서 사장은 나를 인정하고 있어. 내가 임원답게 사원들도 리드하고 당당하게 보일 수 있다면 더 좋겠지만, 그렇지 못하다고 해서 나 때문에 사장이 회의까지 취소했다고 생각하는 것은 어리석은 생각이야. 회의를 취소한 데는 분명 다른 이유가 있을거야' 라고 생각하는 것이 그 상황에서는 더욱 타당한 생각이 될 것입니다. 이와 같이 잘못된 반사적 생각을 보다 타당한 생각으로 바꾸어보았더니 신부장은 마음이 좀 편해졌습니다.

이번에는 5장에서 소개한 김양의 경우를 직접 살펴보겠습니다.

치료자 : 같은 학원에 다니는 남자들이 웃은 이유가 김양의 스타킹이 나간 것 때문이라고 생각했다는 거죠?

김　양 : 예, 물론 아닐 수도 있다는 생각도 들지만 저는 꼭 저 때문인 것 같아요.

치료자 : 우리가 이번 시간에 배운 대로 그 상황에 대한 다른 이유는 없을지 생각해볼까요? 자, 그 남자들이 웃은 이유가 김양이 스타킹 나간 것을 신었다는 것 외에 다른 이유는 없을까요?

김　양 : 물론 자기네들끼리 무슨 우스운 이야기를 하다가 웃었을 수도 있죠.

치료자 : 또 무슨 다른 이유가 있을까요?

김 양 : 아니면, ···· 또 무슨 이유가 있을 수 있죠?

치료자 : 자, 다른 분이 도와주시겠어요?

정대리 : 뭐 그 근처에 다른 사람들을 보고 웃었을지도 모르지요.

치료자 : 김양 생각은 어때요?

김 양 : 그럴 가능성도 아주 없지는 않아요. 그 주변에 다른 사람들이 많았거든요.

치료자 : 그리고 그 남자들이 실제 김양이 스타킹이 나갔다는 것을 알아차렸을까요? 그리고 그것을 봤다고 해서 그게 그렇게 웃을 만한 일일까요?

김 양 : 전 사실, 그 당시에는 나 때문인 게 분명하다고 생각했거든요. 그런데 지금 이렇게 따져보니까 그 날 스타킹이 나간 것을 알고 나서 '남들이 이걸 알아차리고 웃으면 어떡하나'하고 계속 신경을 썼던 것 같아요. 그러다가 그 남자들이 웃는 것을 보고는 바로 나 때문이라고 생각했고요. 지금 생각해보니 제가 너무 과민해 있었던 것 같기도 해요.

　여러분은 이제 어떻게 하면 나와 관련짓기 오류를 바로잡을 수 있는지 알게 되었을 것입니다. 바로 **'나와 관련짓지 않고, 상황을 달리 설명할 수 있는 다른 이유는 무엇이 있을까'**를 자신에게 반문하는 것입니다. 이런 연습을 계속하면 나와 관련짓기 오류는 상당 부분 고칠 수 있을 것입니다.

지레짐작하기 오류를 어떻게 바로잡을까:
정말로 그럴까 생각해보기

지레짐작하기란 자신이 느끼기에 남들이 어떻게 느끼고 생각할 것 같다고 추측하면 그것을 확고부동한 사실로 받아들이는 것을 말합니다. 즉 객관적인 상황을 충분히 고려하지 않은 채 자신의 느낌에 근거하여 판단하기 때문에 실제 상황을 자신의 짐작대로 추측하는 오류를 범하게 됩니다. 그리고 자신의 틀린 생각을 검증해보지도 않은 채 믿어버림으로써, 계속해서 자신을 부정적으로 생각하고 이를 굳게 믿어버리게 됩니다. 이러한 오류를 바로잡기 위해서는 '정말로 그럴까, 내 생각이 맞는 것일까'를 생각해보는 것이 도움이 됩니다.

김양의 경우를 보면, 김양은 친구들이 자기를 싫어할 것이고 자기가 모임에 참석하면 친구들이 불편해 할 것이라 여겨 아예 친구들 모임에 나가지 않으려 합니다. 김양의 이러한 생각에는 지레짐작하기의 오류가 숨어 있습니다. 왜냐하면 객관적인 근거도 없이 친구들이 자기를 싫어하고 따돌릴 것이라고 생각했기 때문입니다.

이때 김양은 자신에게 다음과 같은 질문을 던져볼 수 있습니다. '친구들이 정말로 나를 싫어하고 불편해 할까'. 사실 김양이 이렇게 생각할 만한 근거는 매우 빈약합니다. 친구들이 나를 싫어하는 것 같은 느낌은 다분히 주관적인 것이고, 김양의 느낌에 따른 짐작일 뿐입니다. 물론 친구들 사이에서 말도 잘 하고 웃기기도 잘 하는 재미있는 친구가 쉽게 호감을 얻는 것은 사실입니다. 하지만 사람에게서 중요한 것이 단지 말 잘 하고 인기있는 것만은 아닙니다. 처음 만날 때는 그런 것들이 다소 인상을 좌우할 수는 있어도 그리 오래 지속되지는 않습니다. 사람들 사이에서 오래 가는 것은 믿을 수 있는 성격과 성실하고 진지한 자세입니다. 그럼에도 불구하고 김양이 자기가 말을 잘 못하고 쉽게 얼굴이 붉어지기 때문에 친구들이 싫어할 것이라고 생각한다면 그것은 잘못된 짐작입니다.

이런 경우에 김양은 '물론 내가 말도 잘 하고 떨지도 않으면 더 좋겠지만, 그런 이유로 해서 친구들이 나를 싫어한다고 생각하는 것은 내 짐작일 뿐이야. 비록 나에게는 그런 문제들이 있지만, 그것 말고 좋은 점도 많아. 친구들도 나의 이런 모습을 알아줄거야. 친구들이 나를 싫어한다고 생각하는 것은 단지 내 추측이고 짐작일 뿐이지 그렇게 생각할 만한 객관적인 근거가 있는 것은 아니야'와 같은 식으로 잘못된 반사적 생각을 보다 타당한 생각으로 바꾼다면 마음이 편안해질 것이고 친구들과 더욱 즐거운 시간을 가질 수 있을 것입니다.

앞장에서 보았듯이 정대리는 직장에서 부서를 옮기면서 남들이 여기에 대해 뭐라고 생각할까 걱정을 많이 했습니다. 그리고 자신이 적응을 제대로 못해 쫓겨난 것이라고 남들이 수근댈거라 생각하니 영 맘이 편치 않고, 자신의 처지가 비참해질 정도였습니다.

그러나 정대리가 이렇게 생각하는 데는 지레짐작의 오류가 숨어 있습니다. 왜냐하면 비록 부서이동 때 진급을 못한 것은 사실이지만, 진급을 못하고 부서를 옮긴 사람들이 정대리만은 아니며, 또 회사의 조직개편 방침에 따라 다른 때보다 더 많은 사람들이 부서를 옮겼기 때문입니다. 이렇게 객관적으로 생각하면, 정대리가 적응을 못해서 혹은 무능해서 자리를 옮긴 것이 아닌데도 남들이 자기를 그렇게 볼 것이라고 지레짐작한 것입니다.

그러면 이때 정대리가 할 수 있는 타당한 생각은 어떤 것일까요. '이번에 진급을 했더라면 좋았겠지만 진급을 못한 사람이 나만 있는 건 아니야. 그러니까 내가 이전 부서에 적응을 못해서 이곳으로 옮겼다고 다른 사람들이 수근댈거라는 것은 정말 내 생각일 뿐이지, 사람들이 정말로 그렇게 볼까는 다시 한 번 생각해볼 필요가 있어'라는 식으로 보다 타당한 쪽으로 생각을 바꾸어보니 마음이 좀 편안해졌습니다.

위의 사례에서 여러분은 어떻게 하면 지레짐작하기의 오류를 바로잡을 수 있는지 아셨을 것입니다. 어떤 상황이 내 탓으로 일어난 것 같다는 생각이 들면 그 일을 사실로 받아들이기 전에 '정말로 그럴까?', '그렇게 생각할 만한 객관적인 근거가 있는가?'를 자신에게 반문해보십시오.

흑백논리의 오류를 어떻게 바로잡을까:
나에게 몇 점을 줄 수 있을까 생각해보기

　흑백논리란 어떤 결과를 두고 성공 아니면 실패라는 식으로 극단적으로 이분화하여 생각하는 것을 말합니다. 즉 자신이 스스로 세운 기준에 조금이라도 맞지 않으면 실패하거나 망친 것으로 생각한다는 것입니다. 그런데 여기에서 중요한 것은 행동에 대한 기준 자체가 매우 높기 때문에 사실은 그 기준에 도달하기가 매우 어렵다는 것입니다. 즉 누구도 쉽게 다다르지 못할 기준을 정해놓고, 자신이 그 기준에 못 미쳤다고 해서 실패자로 간주하는 오류를 범합니다. 그 결과 자신을 아주 형편없고 실패한 사람으로 생각해버립니다. 이러한 오류를 바로잡기 위해서는 '나에게 몇 점을 줄 수 있을까'를 생각해보는 것이 도움이 됩니다.

　윤양은 흑백논리의 오류를 자주 범합니다. 예를 들면 윤양은 연주할 때 악보를 하나도 틀림없이 완벽하게 연주해야만 그 날 연주가 성공한 것이라고 생각합니다. 윤양의 이러한 생각에는 흑백논리의 오류가 숨어 있습니다. 즉 윤양은 조금이라도 실수하면 그 날 연주를 아예 망친 것으로 생각하기 때문입니다.

이때 윤양은 자신에게 다음과 같은 질문을 던져볼 수 있습니다. '내가 조금이라도 실수를 하면 그 날 연주는 정말 망친걸까. 조금 실수를 했다 하더라도 끝까지 마무리하는 데는 큰 지장이 없었고, 또 다른 악기들과도 대체로 호흡이 잘 맞았는데 이것을 완전히 실패한 것으로 생각할 수 있을까. 과연 내 연주에 대해 몇 점을 줄 수 있을까'. 사실 윤양의 연주는 조금 실수했다 하더라도 0점은 아닙니다. 그날 그날의 컨디션에 따라 다르겠지만 어떤 때는 70점이기도 하고, 때로는 50점이기도 하며, 때로는 95점을 줄만한 때도 있을 것입니다. 이와 같이 자신의 행동에 대해 줄 수 있는 점수는 0점부터 100점까지 그 범위가 매우 넓은데 언제나 극단적으로 100점을 받아야 된다고 생각하고, 그것에 미치지 못할 경우 아예 0점으로 처리해버립니다. 따지고 보면 늘 100점을 맞아야 하는 것도 아니고, 또 항상 100점을 맞을 수도 없으며, 100점이 꼭 그렇게 좋은 것도 아닙니다. 내 행동에 줄 수 있는 점수는 매우 다양하며, 그러한 점수들은 모두 인정받을 만한 가치가 있습니다.

그러면 이런 경우에 윤양이 할 수 있는 타당한 생각은 어떤 것일까요. '그래, 오늘 연주는 70점이야. 좀 더 잘 했더라면 좋았겠지만, 70점도 충분히 잘 한거야. 100점이 아니라 해서 모두 0점으로 생각하는 건 큰 잘못이야. 그건 괜히 스스로 깎아내리는 결과를 가져올 뿐이야. 그럴 필요가 뭐 있어. 내 스스로 당당하게 나에게 점수를 주어야지. 오늘은 70점이라 조금 아쉽지만, 다음엔 80점 정도 받을 수 있게 연습해야지'. 이런 식으로 생각을 바꾸어 보다 타당한 쪽으로 생각하게 되니 윤양은 스스로에 대해서도 보다 긍정적으로 생각할 수 있게 되었습니다.

　다음에는 정대리가 어떤 흑백논리의 오류를 범하고 있고, 그것을 어떻게 바로잡을 수 있는지 살펴보겠습니다.

치료자 : 당시 상황을 조금 더 자세히 이야기해보시겠어요 ?
정대리 : 그러니까 친구가 소개해준 여자랑 처음 만나는 자리
　　　　인데, 커피숍에서 둘이만 만났어요. 인사하고, 제
　　　　소개하고…. 사실은 많이 긴장했어요. 그래서 지금
　　　　처럼 말도 잘 못하고…
치료자 : 많이 긴장했군요. 그래서 어떻게 하셨어요 ?
정대리 : 처음에는 긴장하긴 했지만 그런 대로 이야기를 해나
　　　　갔어요. 뭐 사소한 이야기 같은 것 말이지요. 그런
　　　　데 상대방이 너무 말이 없더라구요. 내가 한마디 하
　　　　면 좀 웃기라도 하고 맞장구라도 치면 나을텐데 그
　　　　냥 제 이야기를 듣고만 있는 겁니다. 그 때 언뜻
　　　　'내가 긴장하고 있는 걸 알아차려서 그러나' 하는
　　　　생각과 함께 '오늘은 완전히 글렀군'하는 생각이 드
　　　　니까 더 이상 그 자리에 앉아 있을 수가 없었어요.

치료자 : 그때 행동을 좀 더 자세히 이야기해보시겠어요? 상대방이 무엇을 보고 정대리가 긴장했다는 것을 알아차렸을 것 같아요?

정대리 : 말소리가 좀 딱딱하고, 심장이 뛰고, 이야기 중간중간 말을 잇기가 어려웠어요.

치료자 : 자, 그럼 그때 보인 행동들에 몇 점 정도를 줄 수 있을까요?

정대리 : 그런 생각은 안 해봤는데… 어쨌든 상대방은 괜찮아 보였는데 내가 최악의 모습을 보였구나 생각하니 머릿속에 아무 말도 떠오르지 않았어요.

치료자 : 그러면 '이건 최악이다', 그러니까 0점 정도 라고 생각하셨나요 ?

정대리 : 굳이 따지면 그 정도… 0점이 아니더라도 상대방한테 호감을 주지 못했으면 아무 의미가 없는 거니까요. 저는 못난 모습을 보이는 게 굉장히 싫거든요. 남자답지 못하고, 말도 잘 못하고.

치료자 : 그래요. 그런 생각을 갖고 있으니까 자기 기준에 맞지 않는 행동은 최악이고 모두 0점이라고 생각하게 되는 거죠. 상대방에게 호감을 주지 못하면 아무 의미도 없다, 그러니까 100점이 아닌 것은 모두 0점이다 이런 식이 되어버리죠. 그 생각을 타당한 생각으로 바꾸면 어떻게 될까요 ?

정대리 : 내가 상대방한테 호감을 주지 못했어도 그게 전적으로 무의미한 것은 아니다, 뭐 그런 식으로 생각할 수도 있고.

치료자 : 그래요. 자기 기준이 잘못 되었을 수도 있고, 또 자

6장 잘못된 생각을 어떻게 바꿀 것인가?
•
155

기 기준에 맞지 않는다고 해서 모두 최악인 것은 아
니죠. 아마 정대리가 그날 보인 행동을 곰곰히 생각
해보면 몇 십점 정도는 스스로에게 줄 수 있을 거예
요. 욕심만큼 잘 하지 못했다고 해서 모두 0점이 아
니라는 말이죠.

강박적 부담의 오류를 어떻게 바로잡을까:
조금 못하면 어떻게 될까 생각해보기

강박적 부담이란 '말을 잘 해야 돼', '실수하면 안 돼', '모든 사람들이 나를 좋아해야 돼', '모든 사람들이 나를 인정해야 돼' 와 같은 식으로 늘 완벽주의적인 기준에 따라야 하고 그것에서 조금이라도 벗어나서는 안 된다는 식의 사고방식을 의미합니다. 그렇지만 이런 기준에 맞추려다 보면 자신의 사소한 실수나 약점도 받아들이지 못하게 되어 결국 긴장되고 융통성이 없는 모습을 보이게 됩니다. 이러한 오류를 바로잡기 위해서는 '조금 못하면 어떻게 될까'를 생각해보는 것이 필요합니다.

황원장은 어느 날 아이 문제로 학교 선생님을 찾아가야 할 일이 생겼습니다. 그날 아침부터 웬지 마음이 불안해서 내가 왜 이럴까 하고 생각해보았더니 '학교 선생님 앞에서 말을 한 마디라도 더듬으면 큰일 나는데. 내가 똑똑하게 보이지 않으면 우리 애가 무시당할지도 몰라'라는 생각을 하고 있다는 것을 알게 되었습니다. 이런 생각에는 강박적 부담의 오류가 숨어 있습니다. 즉 자신이 말을 잘 하고 똑똑하게 보여야만 다른 사람들이 자기를 무시하지 않을 것이라고 생각하고 있기 때문입니다.

이때 황원장은 자신에게 다음과 같은 질문을 던져볼 수 있습니다. '내가 말을 조리있게 잘 하지 못하면 어떻게 될까'. 황원장의 경우 지금까지의 일들을 돌이켜보면 말을 조리있게 잘 해야 한다는 부담이 너무 큰 나머지 더욱 불안해져서 원래 할 수 있는 정도보다도 말을 제대로 하지 못하는 때가 자주 있었습니다. 이런 부담을 갖지 않는다면 행동의 결과는 오히려 더 좋게 나타날 수 있습니다. 즉 선생님 앞에서 말을 조리있게 잘 해야겠다고 생각하면 할수록 결과는 더욱 나쁘게 나타날 가능성이 커진다는 것입니다.

황원장이 조리있게 말을 잘 하려고 애쓰는 대신 '내가 선생님 앞에서 말을 똑부러지게 잘 할 수 있으면 좋겠지. 그렇지만 내가 아이 문제로 의논을 하러가면서 꼭 그렇게까지 말을 잘 해야 할 필요는 없어. 오히려 내가 그런 부담을 가질수록 나는 더 자연스럽게 행동하지 못하게 돼. 그냥 내가 할 수 있는 만큼만 한다고 생각하자. 있는 그대로의 나의 모습을 보여주는 거야. 내가 이렇게 편하게 마음을 먹으면 오히려 결과는 더 좋을거야'라고 생각한다면 훨씬 마음이 편해지고 결과적으로 말도 더 자연스럽게 나올 것입니다.

다음의 사례에서는 강박적 부담의 오류가 어떻게 나타나는지, 또 어떻게 바로잡을 수 있는지가 잘 드러납니다.

　신부장 : 저는 지난 주에 좀 재미있는 경험을 했는데, …재미있다기보다는 이렇게 걱정하고 실수하지 않으려는 제 모습이 다른 사람한테는 어떻게 보일까 하는 것을 알게 되었다고 할까요?

　치료자 : 어떤 일이 있었는지 상당히 궁금해지네요.

　신부장 : 지난 주에 신입사원이 새로 들어왔거든요. 와서 인사를 하는데, 굉장히 긴장하면서 말도 많이 하고, 나름대로는 잘 하려고 애쓰는 게 보이더군요. 그래서 혼자서 웃기도 했는데, 또 한편으로는 내가 신입사원이 되어서 저 입장이 됐으면 어땠을까 하는 생각도 들고.

　치료자 : 어땠을 것 같으세요?

　신부장 : 지금 생각으로는 그 사람들보다는 잘 할 것 같은데, 또 막상 닥치면 어떨지 모르죠. 제가 원래 조금이라도 실수하고 그런 걸 못 견디는 편이니까요. 그런게 또 오래 머리 속에 남아 있고 말입니다. 그런데 신입사원들이 너무 긴장해서 실수하지 않으려고 애쓰는 걸 보니까 '그렇게까지 할 필요는 없는데' 하는 생각이 들면서, '아, 내가 긴장하는 걸 보고 남들도 나 같은 생각을 하겠구나. 사실은 내가 걱정하는 것만큼 내 실수를 대단치 않게 생각하는구나' 그런 생각이 드니 맘이 편해지는 것 같더군요.

6장 잘못된 생각을 어떻게 바꿀 것인가?
•

치료자 : 남들은 내가 생각하는 만큼 내 행동에 신경쓰지 않는다는 것을 알게 되셨다는 거죠 ?

신부장 : 네. 그런 일이 있고 난 후 윗사람하고 식사를 했는데, 전 같으면 굉장히 부담이 되서 긴장하고, 말도 못하고, 표정도 굳고 그랬을텐데, 왠지 그 생각이 들면서 마음이 편해지고 말도 예전보다 훨씬 잘 나오지 뭡니까.

정대리 : 식사하는 얘기하니까 저도 생각나는 게 있는데, 회사 사람 다섯 명이 얼마 전에 밥을 먹으러 갔는데, 밥을 먹다 보니까 저는 제 앞에 있는 반찬만 먹고 있더라구요. 그래서 내가 왜 이럴까 생각해보니, 사람들한테 지저분한 모습을 보이는 게 싫어서 그랬던 것 같아요. 친구들은 이것저것 먹고 있던데, 저는 속으로 '혹시 반찬을 집다가 실수로 떨어뜨리면 어떡하나. 차라리 안 먹고 말지'하는 생각이 들더군요. 그래서 결국은 제 앞에 있는 것만 먹었는데, 밥을 다 먹고 보니까 식탁이 꽤 지저분하더라구요. 다른 친구들은 먹다가 흘리기도 하고, 식탁 밑에까지 떨어뜨리기도 하는 걸 보고는 저 자신이 너무 지나친 것은 아닐까 하는 생각이 들었어요.

치료자 : 그래요.다른 사람들은 그런 면에서 비교적 자유롭다는 것을 알게 되신거네요.

정대리 : 뭐 특별히 어려운 사람도 아니고 같은 직장동기들인데 내가 왜 이럴까, 이런 모습 좀 보여준다고 나를 달리 보지는 않을텐데 하고 생각하니까 제가 너무 바보 같다는 생각도 들고.

치료자 : 그러니까 절대로 실수하면 안 된다, 내가 흠잡히면 안 된다는 강박적 부담이 너무 강하다 보니까 비교적 편한 사람들한테까지도 그런 생각을 갖게 되셨네요. 그렇지만 곧 '내가 꼭 이렇게까지 행동해야 할 필요가 있을까'하는 것을 생각하셨으니까 다음부터는 강박적 부담이 좀 덜하시겠네요.

자신의 행동이 마음에 들지 않는다는 생각이 자주 드는 사람일수록 스스로에게 너무 완벽한 것을 기대하는 강박적 부담을 많이 가지고 있기 쉽습니다. 그때마다 '조금 못하면 어떻게 될까'를 자신에게 반문해본다면 이러한 오류는 상당 부분 고칠 수 있을 것입니다.

그럼 이제까지 설명한 다섯 가지 인지적 오류를 바로잡는 법을 좀 더 확실히 연습하기 위해 지난 장에서 들었던 예를 다시 한 번 살펴보기로 하겠습니다. 지난 장에서는 인지적 오류까지 기록하였으므로, 이번 장에서는 이를 어떻게 하면 타당한 생각으로 바꿀 수 있을까를 생각해보십시오. 표 6-1에 타당한 생각을 기록하는 란의 윗부분에는 인지적 오류를 바로잡기 위한 적합한 질문을 적고, 그 아랫 부분에는 타당한 생각들을 기록하시면 됩니다.

표 6-1 인지훈련기록지(타당한 생각으로 바꾸기)

상 황	반사적 생각	인지적 오류	타당한 생각
부하직원이 보는 앞에서 결재서류에 사인할 때	내 손이 떠는 것을 보고 날 우습게 생각할거야. 그러면 이 소문이 퍼져 사장 귀에까지 들어갈지도 모르고 그렇게 되면 나는 더 이상 회사를 다닐 수가 없어.	Ⓥ 파국적예상 ② 나와관련짓기 Ⓥ 지레짐작하기 ④ 흑백논리 ⑤ 강박적부담	(질문:)
지하철에서 옆 사람이 갑자기 자리를 옮겼을때	아마 내 땀 냄새가 지독해서 숨을 쉴 수가 없었을거야. 얼마나 불쾌했다면 자리까지 옮길까.	① 파국적예상 Ⓥ 나와관련짓기 ③ 지레짐작하기 ④ 흑백논리 ⑤ 강박적부담	(질문:)
길에서 아는 사람을 봤는데 그 사람이 그냥 지나쳤을 때	저 사람이 나를 본 게 분명한데 왜 나를 못 본 체하고 지나칠까. 아는 척하기도 꺼려할 정도로 나를 싫어하지 않고는 저럴 수가 없어	① 파국적예상 ② 나와관련짓기 Ⓥ 지레짐작하기 ④ 흑백논리 ⑤ 강박적부담	(질문:)
노래를 하다가 중간에 음정이 틀렸을 때	잘 나가다 이런 실수를 하다니 노래를 완전히 망쳤어.	① 파국적예상 ② 나와관련짓기 ③ 지레짐작하기 Ⓥ 흑백논리 ⑤ 강박적부담	(질문:)
수업시간에 발표할 때	발표를 아주 잘 해서 애들이나 선생님이 듣고 놀랄 정도로 해야 할텐데.	① 파국적예상 ② 나와관련짓기 ③ 지레짐작하기 ④ 흑백논리 Ⓥ 강박적부담	(질문:)

연습 ·····································

일주일 동안 생활하면서 겪은 것이거나 혹은 그 이전에 불안을 느꼈던 상황에서 어떤 반사적 생각이 떠올랐는지, 그리고 그 생각에는 어떤 인지적 오류가 있었는지를 기록하고, 이를 타당한 생각으로 바꾸어 적어보십시오. 연습을 많이 하면 할수록 몸에 배어 있는 반사적 생각을 떼어내고 점차 타당한 생각으로 바꿔나갈 수 있게 될 것입니다.

6장 잘못된 생각을 어떻게 바꿀 것인가?
·

인지훈련기록지(타당한 생각으로 바꾸기)			
상 황	반사적 생각	인지적 오류	타당한 생각
		① 파국적예상 ② 나와관련짓기 ③ 지레짐작하기 ④ 흑백논리 ⑤ 강박적부담	(질문:)
		① 파국적예상 ② 나와관련짓기 ③ 지레짐작하기 ④ 흑백논리 ⑤ 강박적부담	(질문:)
		① 파국적예상 ② 나와관련짓기 ③ 지레짐작하기 ④ 흑백논리 ⑤ 강박적부담	(질문:)
		① 파국적예상 ② 나와관련짓기 ③ 지레짐작하기 ④ 흑백논리 ⑤ 강박적부담	(질문:)
		① 파국적예상 ② 나와관련짓기 ③ 지레짐작하기 ④ 흑백논리 ⑤ 강박적부담	(질문:)

제2부 사회공포증을 어떻게 극복할 것인가?

7
내 생각을 좌우하는 핵심신념은
무엇인가

지난 시간에는 여러분이 발견한 인지적 오류를 어떻게 바로잡아야 할 것인지에 대하여 배웠습니다. 이제는 내가 어떤 생각을 하는가를 관찰하는 소극적인 자세에서 벗어나 그 생각을 타당한 생각으로 수정하는, 보다 적극적인 단계에 접어든 것입니다. 일주일 동안 자신의 반사적 생각을 검증하기 위하여 스스로 질문을 던져 타당한 생각으로 바꾸려고 노력해보았습니까?

인지적 오류의 종류는 여러 가지가 있지만 자신이 주로 저지르게 되는 인지적 오류를 살펴보면 의외로 한두 가지 종류에 제한될 가능성이 많습니다. 그렇기 때문에 일단 내가 어떤 종류의 인지적 오류를 많이 범하는지 파악하고 나면 그 오류에 적합한 질문 한두 가지만을 염두에 두고, 불안을 느낄 때마다 스스로에게 그 질문을 해보면 될 것입니다. 여러분이 이미 그것을 찾았다면 열심히 반복해서 자신의 생각을 검토해보십시오.

핵심신념이란 무엇인가?

　우리가 평소에 하는 생각들을 그 깊이나 수준의 측면에서 보면 크게 두 종류로 나눌 수 있습니다. 우선 우리가 어떤 상황에 처해 있을 때 그 상황과 관련되어 그때 그때 떠오르는 생각들을 반사적 생각이라고 말합니다. 즉 식당에서 식사를 한다든지, 여자친구와 같이 있다든지, 아니면 발표를 한다든지 하는 바로 그 상황에서 마음 속에 떠오르는 생각들이 여기에 속합니다. 반사적 생각은 여러 층의 생각 중에서 가장 의식의 표면에 있는 것이기 때문에 약간만 주의를 기울이면 쉽게 파악할 수 있는 생각입니다. 실제로 여러분들은 앞에서 불안한 상황에서 떠오르는 반사적 생각을 관찰하고 검토하는 연습을 이미 해보았습니다.

　핵심신념은 마음 속 깊은 곳에 자리잡고 있는 생각들로 우리 자신을 어떤 사람이라고 보는지, 또 세상 일이나 사람들 사이에 일어나는 일을 어떤 관점에서 바라보는지 등과 관련된 생각들을

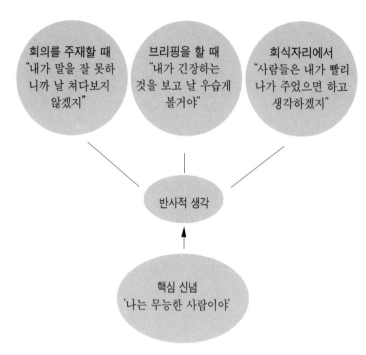

그림 7-1. 핵심신념과 반사적 생각의 관계

말합니다. 핵심신념은 어렸을 때부터 지금까지 살아오면서 겪었던 많은 경험의 영향을 받아 형성된 것으로서, 우리가 일상생활 속에서 갖가지 상황에 부딪칠 때 어떤 생각들을 하게 되는가에 상당한 영향을 줍니다. 즉 반사적 생각이 특정 상황과 관련되어 떠오르는 생각이라면, 핵심신념은 특정 상황이 아닌 모든 상황에 적용될 수 있는 일반적인 생각들이라고 할 수 있습니다. 따라서 아주 신중하게 깊이 생각해보기 전에는 그리 쉽게 파악되지 않습니다. 핵심신념을 나무의 뿌리나 굵은 줄기에, 그리고 반사적 생각을 잔가지에 비유하여 이해하면 그 관계를 어렵지 않게 이해할 수 있을 것입니다.

　구체적인 내용을 다루기 전에 우선 핵심신념을 다루는 것이 왜 중요한지에 대하여 간단히 설명하겠습니다. 우리는 앞 장에서 이미 사회공포증을 이해하고 극복하는 데 있어서 반사적 생각이 중요한 역할을 한다는 것을 배운 바 있습니다. 극단적으로 말하자면 사회공포증의 효과적인 치료 여부는 불안한 상황에서 떠오르는 잘못된 반사적 생각을 얼마나 타당한 생각으로 바꿀 수 있는가에 달려 있다고 볼 수도 있습니다. 그런데 각 상황에서 떠오르는 반사적 생각을 아무리 열심히 고치려고 해도 마음 속 깊은 곳에 있는 핵심신념이 근본적으로 잘못되어 있다면 반사적 생각을 고치기가 매우 어렵습니다. 그 이유는 앞에서의 비유처럼 핵심신념을 나무의 굵은 줄기나 뿌리로 친다면, 뿌리가 병든 나무를 아무리 가지치기한다 해도 나무가 건강해지지 않는 것과 같다고 할 수 있습니다. 따라서 이런 경우에는 핵심신념을 살펴보는 것이 필요합니다.

핵심신념을 어떻게 찾아낼 것인가?

우리가 자신이나 세상에 대하여 기본적으로 갖고 있는 생각들을 핵심신념이라고 한다면 우리가 갖고 있는 핵심신념은 한두 가지가 아니라 매우 다양할 수 있습니다. 그렇다면 이것을 모두 찾아내어 검토해야 할까요? 우리가 갖고 있는 핵심신념을 모두 찾아내어 검토한다는 것은 가능한 일도 아니고 또 그럴 필요도 없습니다. 사회공포증을 없애기 위해서는 사회공포증과 관련된 핵심신념을 찾아내어 이것을 검토하면 됩니다. 사회공포증과 관련된 가장 중요한 핵심신념은 나 자신에 관한 핵심신념입니다.

나 자신에 관한 핵심신념은 다음에 설명하는 몇 가지 방법을 참고로 하여 주의 깊게 관찰하면 파악할 수 있습니다.

반사적 생각들의 공통분모로부터 찾아보기

핵심신념을 파악하기 위하여 우선은 여러분이 지금까지 기록해온 반사적 생각의 목록을 한번 살펴보십시오. 아마도 지금까지 기록해온 인지훈련기록지의 내용을 살펴보면 쉽게 찾을 수 있을 것입니다. 반사적 생각의 목록을 앞에 놓고 그 생각들의 공통분모가 무엇인지 찾아보십시오. 그 생각들의 공통분모 속에는 나 자신에 대한 핵심신념이 있을 것입니다. 만일 공통 부분이 잘 떠오르지 않는다면, 나를 어떤 사람으로 생각하면 이런 종류의 반사적 생각들이 떠오를지 추측해보십시오.

정대리는 이 프로그램을 시작한 후부터 자신이 어떤 생각을 하는지에 주의를 기울이게 되었습니다. 이전에는 회식이 있다거나 친구들과 모임이 있을 때 겉으로는 태연한 척 했지만 속으로는 불안해 일이 손에 잡히지 않을 정도였습니다. 모임에 가기 전에 마음 속에 드는 생각을 살펴보니 '남자답게 잘 해야 된다'는 강박적 부담을 많이 가지고 있다는 것을 알게 되었습니다. 그래서 모임에 나가기 전에 자신이 얼마만큼 잘 행동하기를 원하는지 생각을 정리한 후 나가보니 훨씬 편하게 행동하게 되었고, 때로는 예상보다 말도 잘 나왔습니다. 지난 주에는 친하게 지내는 후배와 그 여자친구, 또 그 친구가 소개해준 여자와 함께 노래방에도 갔다 왔습니다. 처음에는 긴장되어 목소리가 떨리게 나왔지만, 불안한 중에도 '내가 또 너무 잘 보이려 하는구나' 하는 생각이 들었고, 마음을 가다듬고 노래를 하니까 웬만큼은 잘 된 것 같았습니다. 그런데 문제는 이렇게 잘 되다가도 어떤 날은 다시 불안이 심해진다는 사실입니다. 어제 저녁에는 같은 부서 회식이 있었는데 긴장되어 별로 이야기도 못하고 꿔다놓은 보리자루처럼 불편하게 앉아 있다 집에 돌아왔습니다. 집에 와서 곰곰이 그 이유를 생각해보니 자신도 모르게 또 다시 '잘 해야지'하는 강박적 부담이 생기게 되었다는 것을 알게 되었습니다.

이런 일을 겪으면서 정대리는 자신이 반복적으로 강박적 부담에 시달리는 이유가 무엇인지 좀 더 명확하게 알고 싶어서 자신의

반사적 생각들로부터 핵심신념 찾아내기: 정대리의 예

상   황: 직장 동료들과 회식을 갔을 때
반사적 생각: '내가 사회도 보고, 노래도 잘 하고 해서 분위기를 돋구어야 할텐데'

상   황: 데이트할 때
반사적 생각: '내가 재미있는 이야기를 해주고 무엇이든 알아서 척척해야 나를 남자답다고 생각할거야'

상   황: 친구들과 모인 자리에서
반사적 생각: '말도 잘 하고 분위기를 주도해야 나를 괜찮은 녀석이라고 생각할거야'

제2부 사회공포증을 어떻게 극복할 것인가?

핵심신념이 무엇인지 찾아보기로 하였습니다. 그래서 지금까지 적어온 사회불안기록표를 보고, 불안을 느끼는 상황에서 주로 어떤 생각을 하게 되는지 살펴보았습니다.

정대리가 떠올리는 반사적 생각들은 상황에 따라 약간 달라지기는 하지만 조금만 주의 깊게 살펴본다면 우리는 그 안에서 어렵지 않게 공통분모를 찾아낼 수 있습니다.

아마도 정대리는 어떤 상황에서 누구와 함께 있든 간에 모든 면에서 잘 해야만 상대방의 인정을 받을 것이라는 생각이 강한 것 같습니다. 즉 언제나 분위기를 주도하고 말도 잘 하고, 사람들을 즐겁게 해주어야 한다는 것입니다. 따라서 정대리는 자기 자신에 대하여 '무엇이든 잘 해야만 다른 사람들이 나를 인정할거야', '모든 사람의 인정을 받아야 괜찮은 사람이야', '지금 내 모습 그대로를 보면 아무도 날 좋아하지 않을거야, 난 형편없어' 라는 핵심신념을 갖고 있는 것으로 정리해볼 수 있습니다.

황원장은 남들이 자신을 주목하고 있다고 느낄 때면 갑자기 불안해지면서 익숙하게 했던 일조차도 잘 못하고, 특히 말을 하려고 하면 얼굴이 붉어지고 목소리가 떨리곤 해서 여간 힘든 것이 아닙니다. 또 일단 불안을 느끼게 되면 워낙 당황하고 신체적 반응들이 많이 나타나서 자신의 불안을 객관적으로 관찰하려고 해도 그것이 말처럼 쉽지 않았습니다. 불안을 느끼는 모든 상황을 관찰하려다 보니 너무 힘이 들어서 황원장은 우선 불안을 느끼기는 하지만 그리 심하지 않은 경우부터

차근차근 자신의 불안을 살펴보았습니다. 이렇게 관찰하다 보니 자신이 심지어는 아이들 앞에서 조차도 당황하는 모습을 보여주지 않으려 하였고, 그런 모습을 남들이 보면 나를 싫어하고 무시할 것 같다는 생각을 한다는 것을 알게 되었습니다. 이런 생각은 미용실에서 함께 일하는 종업원들 앞에서는 더욱 비약되어 '내가 말도 잘 못하고 이렇게 목소리도 떨리는 것을 종업원들이 알면 나를 무시하고 일도 제대로 하지 않을 것'이라는 식의 파국적 예상을 한다는 것을 깨닫게 되었습니다. 황원장은 이런 생각을 지워버리기 위해서 '정말 그런 일이 일어날까'라는 생각을 해보면서, 실제로 그런 일이 일어날 가능성이 많지 않다고 생각합니다. 하지만 아직도 남들 앞에 가면 위축되어 말 한마디 하는 것이 힘들기만 합니다.

　황원장과 같이 반사적 생각을 고치려고 해도 잘 안 되는 경우, 아니면 자신의 생각이 잘못됐다는 것을 알면서도 마음으로는 자꾸 부정적인 생각이 드는 경우에는 핵심신념을 알아보는 것이 도움이 될 수 있습니다. 우선 황원장의 사회불안기록표를 정리해보면 다음과 같습니다.

　황원장과 같은 경우에는 반사적 생각들간에 어떤 공통점이 있는지 쉽게 파악되지 않을 수 있습니다. 핵심신념을 보다 용이하게 파악하기 위하여 우선 황원장의 반사적 생각을 정대리와 비교해봅시다. 정대리의 경우 주로 좋게 평가받고 싶은 사람들, 예를 들어 데이트하는 여자나 상사, 직장동료들과 있을 때 주로 불안을 느끼는 것과는 달리, 황원장은 자신과 별로 관련이 없는 사람이나

반사적 생각들로부터 핵심신념 찾아내기: 황원장의 예

상   황 : 오랜만에 친구들 모임에 갔을 때
반사적 생각 : '내가 떨면서 이야기를 하면 말도 제대로 못하면서 분위
              기를 깬다고 생각할거야.'

상   황 : 아이의 학교선생님을 만날 때
반사적 생각 : '내가 똑똑하게 말을 잘 해야 우리애가 무시당하지 않을
              텐데'

상   황 : 백화점에서 옷을 사며 점원과 이야기를 나눌 때
반사적 생각 : '말도 제대로 못하면서 옷은 그렇게 까다롭게 고른다고
              무시할거야'

아랫사람들 앞에서조차 지나치게 긴장하고 그들을 의식하며 행동
하는 것을 알 수 있습니다. 그리고 자신이 사소한 실수라도 하게
되면 그 사람들이 금방 자신을 무시하고 우습게 볼 것이라는 생각
을 하고 있습니다. 사실 황원장 정도의 나이나 위치면 아랫사람뿐
아니라 사람들을 대하는 데 있어서 어느 정도 자신과 여유가 생기
고, 직업이나 가정면에서 안정이 될 만한 시기입니다. 그런데도
불구하고 늘 남의 시선을 의식하면서 지내는 것을 보면 황원장은
정대리에 비해서 자기 자신에 대하여 더욱 부정적인 핵심신념을
가지고 있는 것 같습니다. 이를테면 '누구하고 비교해도 나는 변
변치 못한 사람이야', '남들이 인정하고 좋아할 만한 부분이 나에

7장 내 생각을 좌우하는 핵심신념은 무엇인가?
•
175

게는 하나도 없어', '내가 할 수 있는 것은 대단치 않아' 라는 식으로 말입니다. 즉 자신의 모든 부분에 대하여 자신감이 없고, 스스로를 낮게 평가하고 있다는 것입니다.

이런 과정 속에서 황원장은 자신이 스스로에 대하여 상당히 부정적인 핵심신념을 가지고 있다는 사실을 깨닫고는 놀라게 되었습니다. 물론 이전부터 자신감이 부족하고 열등감도 있는 것 같다는 생각을 하지 않던 것은 아니었으나, 다른 어떤 사람보다도 스스로를 낮게 보고 있었다는 것은 황원장에게 뜻밖의 사실이었습니다.

또 핵심신념에 대하여 차근차근 생각해가는 과정에서 황원장은 자신이 어려운 환경에서 자라왔고, 집안이 가난해서 중학교도

반사적 생각들로부터 핵심신념 찾아보기

반사적 생각 : _____

_____

_____

_____

핵심신념 : 나는 _____

나는 _____

왜냐하면 _____

제대로 마치지 못했다는 사실 때문에 오랫동안 지나치게 열등감을 느껴왔다는 것을 알게 되었습니다. 사실은 그런 열등감이 너무 컸기 때문에 학력에 대해서는 애써 생각하지 않으려고 노력했고, 열등감을 극복하고자 더욱 열심히 일해서 어느 정도 성공을 한 셈이지만 아직도 사람들과 어울려야 할 때면 '저 사람이 내가 제대로 배우지 못한 것을 알아채지는 않을까' 하는 생각으로 예민해지면서 지나치게 불안을 느끼게 되었던 것입니다.

이제는 여러분의 핵심신념을 파악해볼 차례입니다. 여러분은 스스로에 대하여 어떻게 생각하고 있습니까? 앞에서 설명한 대로 지금까지 기록해온 인지훈련기록지를 살펴보고 자신이 반복해서 떠올리는 반사적 생각의 공통분모가 무엇인지 찾아보십시오. 자신의 핵심신념을 파악하는 데 도움이 될 것입니다.

화살표를 아래로 내려가며 질문해보기

만일 여러분이 반사적 생각의 공통분모를 찾아 핵심신념을 발견해내지 못했다면 이번에는 화살표를 아래로 내려가며 질문해보는 방법을 써볼 수 있습니다. 이 방법은 불안이 심했던 상황이나 평소에 자주 떠오르는 반사적 생각을 놓고 '만일 이것이 나에게 무엇을 의미하는가?' 와 같은 질문을 계속 해보는 것입니다. 때때로 '이것이 나에게 무엇을 의미하는가?' 와 같은 질문을 스스로에게 계속 물어보면 반사적 생각에 기저하고 있는 핵심신념을 발견

화살표를 아래로 내려가며 질문해보기 : 신부장의 예

내가 말을 잘 못하는 것을 보고 나를 우습게 볼거야
(이것이 나에게 무엇을 말해주는가, 이것이 맞다면 무엇이 그렇게 나쁜가?)
(이것이 나에게 무엇을 의미하는가?)
↓
회사 사람들이 나를 무시하고 내 의견을 존중하지 않을 것이다.
(이것이 나에게 무엇을 의미하는가?)
↓
사회생활에서 내 위치가 흔들린다.
(이것이 나에게 무엇을 의미하는가?)
↓
나는 남들에게 별볼일 없는 사람이다.
(이것이 나에게 무엇을 의미하는가?)
↓
나는 무능하다.

할 수 있습니다.

여러분도 반사적 생각을 하나 고른 후 신부장이 한 것처럼 '이것이 나에게 무엇을 의미하는가'의 질문을 계속 던져보아 자신에 대한 일반적인 진술을 찾아보십시오. '이것이 나에게 무엇을 의미하는가?'의 질문을 한두 번 한 후 핵심신념을 찾아낼 수도 있고 아니면 여러 번 질문을 해보아야 핵심신념을 발견할 수도 있습니다.

화살표를 아래로 내려가며 질문해보기 : 나의 핵심신념 찾기

반사적 생각: _____

(이것이 나에게 무엇을 말해주는가, 이것이 맞다면 무엇이 그렇게 나쁜가?)

(이것이 나에게 무엇을 의미하는가?)

↓

_____

(이것이 나에게 무엇을 의미하는가?)

↓

_____

(이것이 나에게 무엇을 의미하는가?)

↓

_____

(이것이 나에게 무엇을 의미하는가?)

↓

핵심신념: _____

이런 여러 가지 방법을 통하여 자신에 대한 핵심신념을 찾아보면 여러분은 스스로 짐작하고 있었던 것보다 자신을 훨씬 부정적으로 평가하고 있다는 것을 깨달을 수 있을 것입니다. 다음 부분을 잘 읽어보고 자신에 대해 가지고 있는 핵심신념이 과연 타당한 것인지 검토해보십시오.

나 자신에 대한 핵심신념이 과연 타당한가?

앞 장에서 여러분은 불안한 상황에 처했을 때 생기는 반사적 생각이 타당한지 검토하는 연습을 해왔습니다. 자신에 대한 핵심신념이 타당한지 검토하는 방법도 상당 부분 이것과 비슷합니다. 다만 반사적 생각은 어떤 상황이 주어지기 때문에 그 상황에서 그런 생각을 하는 것이 타당한지를 검토하는 것은 그다지 어렵지 않습니다. 이에 비해 핵심신념은 매우 일반적인 생각이기 때문에 어디에 근거해서 그 핵심신념의 타당성을 평가해야 할지 더욱 애매합니다. 또한 핵심신념은 그것이 잘못되었을 것이라는 의심없이 상당히 오랜 기간 동안 마음 속에 존재해왔기 때문에 마치 그것이 명백한 사실인 것처럼 느껴지기 쉽습니다. 그렇지만 다음과 같은 방법을 사용해서 핵심신념을 자세히 살펴보면 그 속에 숨어 있는 오류나 부당성을 찾아낼 수 있을 것입니다.

너무 높은 기준을 가지고 있는 것은 아닌가?

우리는 이미 사회공포증을 지닌 사람들의 반사적 생각에 나타나는 인지적 오류를 자세히 살펴보았습니다. 반사적 생각에 오류가 있는 것처럼 핵심신념에도 인지적 오류가 나타날 수 있습니다.

특히 사회공포증을 가지고 있는 사람의 핵심신념에는 강박적 부담의 오류가 나타나는 경우가 많이 있습니다. 즉, 스스로에게 약간의 실수나 결점도 인정하지 않고, 남들에게 완벽한 모습만을 보여주어야 한다는 생각이 강합니다.

강박적 부담의 오류를 지녔다는 것은 곧 어떠한 상황에서든, 혹은 상대방이 누구이든 간에 모든 것을 잘 해야 하고, 그래야만 남들로부터 인정받을 수 있다고 생각하는 것입니다. '나는 제대로 하는 게 하나도 없어', '나는 평균에도 못 미치는 사람이야', '나는 다른 사람들보다 뒤떨어지는, 어딘가 부족한 사람이야'와 같은 핵심신념을 가지고 있다면 자기 자신에 대해 턱없이 높은 기준을 두고 있는 것은 아닌지 자세히 살펴보십시오.

정말로 능력이 많은 사람이라고 해도 모든 상황에서 언제나 잘하기는 매우 어렵습니다. 만일 여러분이 실제로 이루기 어려운 높은 기준을 갖고 있다면 대부분의 상황에서 기대에 못 미치는 행동이 나오는 것도 당연합니다. 그 결과 더 긴장하고 불안을 느낄 것입니다. 여러분도 매우 높은 기준을 스스로에게 부과하고 있기 때문에 부담을 느껴, 사회적 상황에서 더 불안해지는 것은 아닌지 잘 생각해보십시오. 또 자신을 다른 사람들보다 열등하고, 실제보

다도 더 형편없이 못난 사람으로 생각하고 있는 것은 아닌지도 생각해보십시오.

신부장은 사원들을 교육시키거나 임원회의에서 브리핑을 할 때 말을 제대로 하지 못해 스스로 무능력하다는 부정적인 핵심신념을 가지고 있습니다. 그리고 이런 이유 때문에 자신이 부장으로서 역할을 하기에는 부족한 사람이라고 느껴왔습니다. 그렇다면 부장으로서의 능력을 갖추지 못했다는 신부장의 신념이 과연 객관적인 사실에 근거하고 있는지 다음 대화를 통해 알아보기로 하겠습니다.

치료자 : 신부장님께서는 자신이 무능력하고 부장감으로서는

부족하다고 하셨는데 그렇게 생각하시는 이유가 무엇입니까?

신부장 : 그러니까 임원회의 때 말을 잘 못해서 말 잘 하는 다른 사람들을 보면 나는 정말 무능하구나 그런 생각이 들죠.

치료자 : 신부장님 생각에는 말을 잘 한다는 것이 어느 정도를 의미하나요?

신부장 : 그러니까……글쎄요. 임원회의라는 것이 주로 회사에 중요한 문제가 생겼을 때 그것에 대하여 안을 내고 토의하는 경우가 대부분인데, 제 위치 정도면 남들이 봤을 때 썩 괜찮은 안을 제시하면서 그것에 대해 설득력있게 설명을 해야죠.

치료자 : 예. 그러니까 신부장님 생각에는 그런 회의석상에서 꽤 괜찮은 안을 제시하고 게다가 설득력있게 말을 해야 한다는 거죠? 그렇다면 보통 회의에 참석하는 사람들은 몇 명 정도고, 또 신부장님 말씀처럼 잘 하는 사람은 그 중에 몇 명쯤이나 되나요?

신부장 : 제가 보기에는 어지간히 다들 잘 하는 것 같은데요.

치료자 : 좀 더 구체적으로 말씀해보시겠어요?

신부장 : 그러니까 보통 한 20명 정도가 회의에 참석하는데… 글쎄요. 안건에 따라 다르기는 하지만 보통 서너 개 정도의 안이 나오고, 그 다음에는 거기에 대해서 주로 이게 현실성이 있느냐, 효과가 있겠느냐, 그런 걸 검토하고 토의하게 돼요.

치료자 : 그러면 벌써 아까 말씀하신 것하고 다르네요. 20명 가량 중에서 실제로 안을 제시하는 사람은 서너 명

정도밖에 되지 않는거군요.

신부장 : 따지고 보니 그러네요.

치료자 : 그러면 신부장님이 회의에서 안을 제시하거나 토론
에 참가하는 일이 거의 없나요?

신부장 : 그렇진 않죠. 명색이 우리 부서 부장인데 입다물고
가만히 있으면 안 되죠. 그런데 제가 말하고 싶은
것은 그런 경우에 부담이 되서 무슨 말을 할지 모르
고 당황스러운데, 다른 사람들은 하나도 안 그런 것
같았어요. 그러니까 같은 말을 하더라도 저는 중언
부언하고 조리없이 이야기하는 것 같고, 또 제 안이
채택되지 않으면 제 말솜씨 때문에 그런 것 같기도
하고.

치료자 : 그러면 신부장님 말솜씨는 다른 사람과 비교해서 어
느 정도나 된다고 생각하세요?

신부장 : 물론 평균 이하죠.

치료자 : 음. 그러면 그 자리에 참석한 대부분의 사람들이 모
두 그렇게 매끄럽게 말을 잘 하나요?

신부장 : 사실 모두 다 잘 하는건 아니죠. 뭐, 못하는 사람도
좀 있고, 또 내내 입다물고 앉아 있다 나가는 사람
도 있고….

치료자 : 정말로 자기 자신의 능력이 어느 정도인지, 내가 내
말솜씨를 정확하게 평가하고 있는지, 혹시 과소평가
하는 것은 아닌지 생각해보신 적은 있나요?

신부장 : 일단 다른 것은 몰라도 화술에 있어서, 다른 사람들
과 이야기하거나 뭘 물어볼 때 제대로 하지 못하는
것 같습니다. 그렇지만 지금 생각해보니 남하고 비

교해서 어느 정도 하고 있는지에 대해서는 별로 생각해본 적이 없고, 이 정도면 꽤 논리정연하고 설득력있구나 싶은 정도로 말을 잘 했으면 좋겠다고 생각하는 것 같아요.

치료자 : 그러면 그 정도로 말하는 사람이 전체 중에 몇 명 정도나 된다고 생각하세요?

신부장 : 우리 회사 사장님은 말솜씨가 꽤 좋은 편이예요. 그리고 타부서 부장 중 한두 명 정도는 제가 아주 부러워하죠. 그리고 나머지는…지금 생각해보니 저하고 크게 다르지는 않은 것 같네요.

치료자 : 자, 이 정도면 신부장님께서 자신에게 얼마나 높은 기대를 하고 있는 것인지 파악이 되셨습니까? 그러니까 신부장님은 말을 썩 잘 하는 사람을 기준으로 자신을 평가하고 그 기준에 미치지 못한다고 해서 스스로의 말솜씨를 평균도 못 된다고 생각하시는거죠. 그리고 말솜씨가 형편없기 때문에 자신을 무능한 사람이라고 생각하시는 것 같은데 어떠세요?

실제로 나의 기준이 지나치게 높은 것은 아닌지를 알기 위해서는, 앞서 배운 것처럼 8점 척도로 환산해보는 방법이 좋습니다. 즉, 나의 핵심신념 중 말솜씨가 중요하다고 생각되면 말솜씨가 어느 정도 되어야 0점, 혹은 4점, 8점에 해당하는지를 생각해보고, 자신은 실제로 어느 정도나 되는지 평가해보는 것입니다.

신부장의 경우, 화술에 자신이 없다고 생각하는 점이 핵심신념에서 중요한 부분을 차지하고 있어 말솜씨를 8점 척도로 체크해보도록 하였습니다. 신부장은 자신의 말솜씨가 8점 중 2점 정도밖에 되지 않는다고 답하였습니다. 이때 신부장의 말솜씨가 실제로 2점밖에 되지 않는지 검토하는 일이 매우 중요합니다. 왜냐하면 대부분의 사회공포증을 가진 사람들은 매우 엄격한 기준을 적용하여 자신의 단점을 실제보다 비판적으로 평가하기 때문입니다.

　자신에게 너무 엄격한 기준을 적용하고 있는 것은 아닌지 살펴보기 위해, 신부장에게 어느 정도 말솜씨가 좋아야 8점을 받을 수 있겠는가를 물었습니다. 그는 '회의석상 같은 데서 자기 의사를 말할 때 누구라도 공감할 정도로 조리있게 이야기하고, 부하직원들 앞에서도 유머를 섞어가면서 설득력있게 말할 수 있으면' 8점을 줄 수 있다고 대답했습니다. 그러면 4점은 어느 정도여야 되는지를 묻자 '자기 의사를 이야기하되 약간 더듬거리기도 하고 실수도 하는 정도가 아닐까요' 하고 반문하였습니다. 사실 여러 사람이 모인 자리에서 사회를 본다는 것은 아마 4점보다 점수를 더 줄 수 있었을 것입니다. 그렇지만 그 기준을 그대로 따른다고 해도 신부장의 말솜씨는 거의 4점에 가깝다는 것이 드러났습니다.

　결국 신부장은 스스로에게 거의 완벽에 가까운 말솜씨를 기대했고, 기대에 미치지 못한 자신의 말솜씨를 아주 비판적으로 평가했던 것입니다. 신부장에게는 남들의 인정을 받기 위해서는 모든 것을 완벽하게 잘 해야 한다는 생각이 자기도 모르게 내재되어 있습니다. 그리고는 실제로 이 기준에 못 미치자 사람들이 자신을 별로 인정하지 않을 것이라고 생각하고, 스스로를 변변치 못한 사람으로 여기고 만 것입니다.

핵심신념을 검토해보기

■ 너무 높은 기준을 가지고 있는 것은 아닌가?

　여기에서 또 한 가지 주목해야 할 점은 완벽에 가까운 8점을 기대했기 때문에 오히려 신부장은 자신이 가지고 있는 말솜씨도 다 발휘하지 못했다는 점입니다. 만일 신부장이 현재 자신의 말솜씨를 4점 정도로 현실적으로 평가하고, 우선은 8점을 기대하기보다 5점이나 6점을 향해서 노력했다면 말솜씨가 현재보다 나아질 수 있고 또 이런 점진적인 노력을 거쳐 말솜씨가 8점에 가까워질 수도 있습니다. 우리가 어떤 높은 목표를 마음 속에 두고 끊임없는 노력을 통해 점진적으로 그 목표에 다가가는 것은 매우 바람직한 일입니다. 그러나 신부장의 경우, 너무 높고 엄격한 기준을 적용했기 때문에 현재 자기 모습을 평가절하하고 부정적인 핵심신념을 가짐으로써 오히려 의욕이 사라져 자기 발전이 저해되었던 것입니다.

　자, 과연 여러분의 핵심신념이 정말로 타당한지, 그것을 객관적이고 공정한 잣대로 재고 있는지를 다시 한 번 살펴보십시오. 기준을 너무 높게 잡았기 때문에 자신이 실제보다 못나보이고, 이것이 부정적 핵심신념을 야기하여 자신의 행동을 더욱 위축시키지는 않았는지 말입니다.

일부분만을 보고 전체를 평가하는 것은 아닌가 ?

　우리가 남을 평가할 때 보통 여러 가지 측면을 고려하는 것이 일반적입니다. 즉, 외모라든가 일에 대한 능력, 리더십, 성격, 대인관계, 유머 감각, 경제력, 말솜씨나 매너 등 여러 가지 면을 고려하게 됩니다. 물론 사람들의 관심이 외모나 말솜씨처럼 겉으로 드러나는 특성에 먼저 쏠리는 것은 사실이지만, 그렇다고 해서 외모나 말솜씨만 보고 평가를 내리지는 않습니다. 오히려 평생을 함께 할 배우자라든지, 친구, 같이 일할 사람을 고를 때는 겉으로 드러나는 면보다는 보이지 않는 면을 더욱 중시하면서 종합적인 평가를 하게 됩니다. 문제는 사회공포증을 가지고 있는 많은 사람들이 남을 평가할 때는 여러 가지 측면을 골고루 보다가도, 자신을 평가할 때는 가장 못난 부분이나 약점에 초점을 맞추어 자기를 평가하는 경향이 있다는 것입니다.

　사회공포증을 지닌 사람들 중에서도 특히 자신을 전반적으로 형편없고 못난 사람으로 생각하는 사람들이 이런 오류를 많이 범합니다. 이들은 자기가 가진 단점이나 부족한 부분들을 따로 떼어 놓고 생각하지 못하고 그 부분만을 확대하여 자기 모습 전체를 형편없고 못난 것으로 받아들입니다. 따라서 자신을 아주 열등한 사람으로 생각하게 됩니다.

윤양은 연주할 때마다 몹시 떨려서 머리가 막 흔들릴 정도입니다. 이런 자신의 행동 때문에 처음에는 악기를 연주하는 상황에서 만 사회공포증상을 보인다고 생각했습니다. 그런데 곰곰이 생각해보니, 단지 연주하는 상황에서 뿐 아니라 자신의 외모에 대해서도 심한 열등감을 가지고 있다는 것을 알게 되었습니다. 특히 음악대학이라는 특성상 비교적 세련되고 화려한 학생들이 많은데, 그 속에서 자신은 촌스럽게만 느껴지고 여자로서 별로 매력이 없는 것 같아 학년이 올라갈수록 더욱 위축되고 남들 앞에서도 자신감이 떨어졌습니다.

윤양이 갖고 있는 핵심신념은 어떤 것일까요?

윤양은 연주가로서 자신의 능력뿐만 아니라 특히 여자로서 외모가 남들에 비해 뒤떨어진다고 생각합니다. 그런데 실제 윤양의 외모는 화장을 안하고 꾸미지도 않고 옷차림에도 신경을 쓰지 않아 남들에게 세련된 인상을 주지 않을 따름이지, 결코 외모 자체가 뒤떨어지는 것은 아닙니다. 자신의 외모가 왜 그렇게 형편없다고 생각하는지 차근차근 이유를 들어보며 이야기해자, 실제 자신의 외모에서 남들보다 특별히 많이 떨어지는 부분은 없다는 것을 인정하게 되었습니다. 그래서 언제부터 자신의 외모를 형편없이 보게 되었는지 이야기를 깊이 하다 보니 어렸을 때 가까운 친척오빠에게 성추행을 당한 일이 있다고 고백하였습니다. 잠깐이지만 오빠가 가슴을 만진 이래 윤양은 가슴이 나오는 것이 혐오스럽다고 느꼈으며, 거울을 보는 것조차도 꺼리게 되었습니다. 이때부터 윤양은 자신이 너무 못생겼고, 여자로서 자신을 좋아해줄 사람은 아무도 없다고 생각하여 점점 남들 앞에 나서기를 싫어하게 되었습니다. 연주할 때 심하게 불안을 느끼는 것도 실은 외모 때문에 자신이 없다 보니 남들의 시선이 부담스럽게 느껴진 것이고, 이제는 연주가로서도 자신을 잃게 되었습니다. 그렇지만 윤양은 비교적 좋은 대학을 나왔고 지금도 음악하는 사람들이라면 웬만큼 다 인정해주는 악단에 소속되어 있습니다. 그리고 실제로 연주능력도 윤양이 스스로 생각하는 만큼 형편없는 정도는 아닙니다. 또 대인관계가 활발한 편은 못 되지만 마음을 나누는 친한 친구들도 몇 명 있습니다. 그런데도 윤양은 자신의 장점들은 전혀 고려하지 않고, 외모가 형편없다든지, 연주회 때 심하게 떤다든지 하는 부족한 점에만 집착하여 자신을 더 무능하고 매력없는 사람으로 생각하고 있습니다.

사회공포증을 가진 사람들은 윤양의 경우처럼 자신의 단점만을 보고 스스로를 부정적으로 보는 경우가 많습니다. 김양의 경우를 놓고 다시 생각해보기로 합시다. 김양은 컴퓨터 학원에서 뿐만 아니라 가까운 친구들하고 만나는 자리에서도 불편을 많이 느껴 점차 사람들과의 접촉을 피한 채 혼자 지내게 되는 일이 많아졌습니다. 김양은 치료 프로그램이 진행되면서 차츰 다른 사람들의 말이나 행동 중에서 나오는 아무 상관없는 일을 나 때문에 생긴 일이라고 관련지어 생각하는 오류를 많이 범한다는 것을 알게 되었습니다. 또한 생각하기에 따라 그것이 마치 진짜로 일어난 객관적인 사실인 것처럼 생각하는 경우가 많다는 것도 알게 되었습니다. 김양은 자신이 왜 다른 사람들의 사소한 말이나 행동을 보고 자신을 싫어한다고 쉽게 단정짓는지 이해하기 위해서 자신의 핵심신념에 대하여 곰곰이 생각해보았습니다.

김양의 경우에는 특히 다른 사람들이 자신을 전혀 좋아하지 않을 것이라는 핵심신념이 강합니다. 즉, '조금이라도 결점이 있으면 다른 사람들이 나를 좋아하지 않을거야'라는 생각을 강하게 가지고 있어서, 평소에도 사소한 실수를 하게 되면 과도하게 다른 사람의 눈치를 살피곤 했습니다. 고등학교에 진학하기 전에는 별다른 문제없이 학교생활을 해왔으나 집안형편상 상업고등학교에 진학한 뒤로 이것을 큰 결점으로 생각하게 되었습니다. 그래서 이것 때문에 더 소심해지고 사람들의 눈치를 많이 살피게 되었으며, 사람들과 접하는 상황은 가급적 피하게 되었습니다. 어떻게 보면 김양 스스로 사람들을 피한 것인데도, 김양은 사람들이 나를 좋아하지 않는다, 나를 인정해주지 않는다고 생각하게 된 것입니다. 그러니까 결과적으로는 사람들을 더 피하게 되고, 부정적인 생각은 더욱 굳어지는 악순환을 거듭하고 있는 셈이었습니다.

여러분도 스스로의 부족한 점, 남들보다 뒤떨어진다고 생각되는 점에만 집착하여 그것을 근거로 자기평가를 해버리지는 않습니까? 실제로 그런지 아닌지를 알기 위해서는 자신의 장점과 단점을 객관적으로 생각해보는 연습이 필요합니다. 지금까지는 자신의 단점을 숨기는 데만 급급했기 때문에 장점에 대해서 생각해볼 기회는 거의 없었을 것입니다. 그렇다면 지금부터라도 찬찬히 자신의 장점을 생각해보십시오. 지금까지 여러분이 스스로의 단점에 대해서는 많이 생각했을테니 이번에는 오히려 장점을 찾는 데 주력해보십시오. 의외로 나에게도 좋은 점이 많다는 것을 알게 될 것입니다.

지금까지는 내가 갖고 있는 핵심신념이 혹시 왜곡된 것이 아닐까 하는 점에 대하여 질문을 던져보았습니다. 아마도 여러분 중에는 기준이 너무 높기 때문에, 혹은 일부분만을 보기 때문에 부정적인 핵심신념을 갖게 된 분도 있겠지만, 또 실제로 부정할 수 없는 어떤 결점을 가진 사람도 있을 수 있습니다. 또한 다른 사람으로부터 직접적으로 부정적인 평가를 받은 적이 있는 사람도 있을 수 있습니다. 그런 경우, 이런 식으로 자신의 기준이나 생각을 검토하여 그것의 타당성 여부를 확인하는 작업은 그다지 성과를 기대할 수 없을지도 모릅니다.

그런 사람들에 대해서는 사회공포증을 극복하는 가장 기본적인 자세로서 자신의 모습을 있는 그대로 수용하는 것이 무엇보다도 중요하다는 것을 강조하고 싶습니다. 앞에서 말씀드린 다른 모

핵심신념을 검토해보기

■ 나의 핵심신념을 검토해보기 :

나의 장점은 무엇인가 ?

나의 단점은 무엇인가?

든 방법들 역시 여러분 자신의 모습을 가능한 한 정확하고 객관적으로 보고자 시도한 것들이었습니다. 만일 내가 내 자신을 제대로 파악하지 못하고 있다면, 우선은 제대로 파악하는 것이 필요할 것입니다.

우리는 주변에서 어떤 어려움을 갖고 있는 사람이 어떤 식으로 문제를 극복했다는 식의 성공담을 들을 때가 있습니다. 그런 성공담이 사람들에게 감동을 주는 것은, 그 사람이 자신의 문제를 알면서도 거기에 집착하지 않고 노력하여 목표를 달성했기 때문일 것입니다. 여러분도 지금 당장은 어렵게 느껴질지 모르지만 문제를 해결하려는 의지가 조금이라도 있다면, 문제가 있는 상황 그 자체를 있는 그대로 받아들이는 것부터 한번 시작해보십시오.

또 한 가지 유념해야 할 것은 사람은 누구나 성장할 수 있는 잠재력을 가지고 있다는 점입니다. 그렇기 때문에 노력을 기울였는데도 좋아지지 않거나 변하지 않는 사람은 없습니다. 다만 변화의 폭은 사람마다 차이가 있을 수 있겠지요. 눈으로 금방 확인할 수 있는 변화가 오는 사람도 있을 테지만, 눈에 보이지 않게 천천히 변화하는 사람도 있습니다. 하지만 서서히 변화한다고 해서 변하지 않는 것은 아닙니다. 그러므로 변화의 폭을 크게 잡지 말고, 아주 조금씩 천천히 변화하는 것을 중요하게 여기십시오. 여러분이 처한 상황 속에서 우선 작은 것이라도 실천할 수 있는 것부터 찾아 실행해보고, 거기서 생긴 작은 변화를 소중히 받아들이기 바랍니다.

연습 ··

'나'에 대한 핵심신념은 일상생활에서 우리의 생각이나 행동에 막대한 영향을 끼칩니다. 이제 오늘 검토한 내용을 바탕으로 '나'에 대한 핵심신념을 잘 정립해나가는 과정이 남았습니다. 앞으로 일주일 동안 생활하면서 '나'에 대한 타당한 핵심신념이 무엇인지 잘 생각해보고 검토해보시기 바랍니다. 핵심신념을 찾는 작업은 일주일, 한달, 혹은 그 이상 시간이 걸릴 수도 있습니다. 제시한 표의 빈 칸에 먼저 평소 자신이 지니고 있던 핵심신념을 찾아 적어보고, 그것이 정말 타당한 생각인지를 검증해보십시오. 앞에서 생각해보았듯이 '너무 높은 기준을 가지고 있는 것은 아닌지', '일부분만 보고 전체를 평가하는 것은 아닌지'를 잘 생각해보고, 가운데 칸에 적어보십시오. 자기 자신에 대하여 곰곰히 생각해보셔야 합니다. 이와 같이 평소 자신이 가지고 있던 핵심신념의 타당성 여부를 검증해보았다면, 이제는 그것에 상응하는 타당한 핵심신념을 찾아 적어보십시오. 아직까지는 낯설지 모르지만, 시간을 가지고 곰곰이 생각해보시기 바랍니다. 정말로 타당하고 객관적인 생각이 어떤 것인지 말입니다.

핵심신념 검토해보기		
평소의 핵심신념	이는 타당한가	타당한 핵심신념

8
직면훈련은 어떻게 하는 것인가

이제까지 여러분은 자신이 가지고 있는 반사적 생각들을 알아보고, 그 중에서 어떠한 인지적 오류가 많은지를 알아보았으며, 이를 타당한 생각으로 바꾸기 위해 어떻게 해야 하는지에 대하여 많은 연습을 해보았습니다. 그리고 더 나아가서 나에 대한 핵심신념이 무엇인지 살펴보고, 이를 타당한 생각으로 바꾸기 위한 작업들을 하였습니다.

여러분은 자신이 가지고 있는 핵심신념을 검증하고, 이를 타당한 것으로 바꾸어보는 연습을 해보셨습니까? 자신에 대하여 보다 새롭고 깊이있게 발견해낸 것들이 있다면 이번 기회에 잘 정리해 보십시오.

처음에 프로그램을 시작하면서 본 프로그램은 벽돌을 쌓듯이 차례차례 단계적으로 이루어진다는 사실을 이미 이야기한 바 있습니다. 이제는 그 이야기가 실감이 날 것입니다. 매주 여러분이 배우는 것을 발판으로 지금까지 프로그램이 진행되었습니다. 그 과정 중에 만일 조금이라도 미진한 부분이 있다면 다시 돌아가서 충분히 습득될 때까지 다시 읽어보기 바랍니다.

이번 장에서부터는 새로운 훈련에 들어가게 됩니다. 그러므로 이제까지 배우고 익혔던 인지재구성훈련의 개념과 방법을 익숙하게 터득하지 못했다면, 앞으로 진행될 직면훈련에도 차질을 빚게 될 것입니다. 직면훈련은 인지재구성훈련을 토대로 이루어져야 그 진가가 확실히 발휘될 수 있기 때문입니다. 시간이 걸리더라도 인지재구성훈련을 완전히 익힌 후에 직면훈련으로 들어가십시오.

직면훈련이란 무엇인가?

    지금까지 여러분은 자신에게 어떠한 반사적 생각이 있는지, 그 생각이 어떠한 인지적 오류에 속하는지, 그리고 그러한 생각의 밑바탕에 있는 핵심신념은 무엇인지 살펴보았습니다. 이것으로 여러분들은 구체적으로 생활 속에서 불안과 싸워나가는 방법을 배울 준비가된 셈입니다.

    이제 잘못된 생각을 검토하는 또 다른 방법에 대하여 알아볼텐데, 바로 실제생활 속에서 겪게 되는 경험을 통하여 자신의 생각이 정말 타당한지 직접 확인하는 방법입니다. 이 방법은 이제까지의 훈련에 비하여 좀 더 직접적이고 적극적인 방법이라고 할 수 있으며, 본 프로그램에서 매우 중요한 치료요소입니다. 이렇게 실제생활 속에서 자신이 두려워하는 장면과 직접 부딪쳐보는 것을 인지치료 용어로는 '직면훈련' 이라고 합니다.

즉, '직면훈련'이란 지금까지 피해왔던 상황들을 더 이상 회피하지 않고 직면해봄으로써, 결과적으로 불안을 줄이고 이제까지 제대로 해내지 못했던 행동들을 할 수 있도록 도와주는 훈련입니다.

그렇다면 직면훈련이 사회공포증을 극복하는 데 어떤 도움을 주는지 살펴보기로 하겠습니다.

직면은 자신이 가진 생각의 사실 여부를 직접 확인하게 해줍니다.

잘못된 생각을 교정하는 부분에서 이미 설명했지만, 사회공포증을 가진 사람들은 대체로 자신에 대한 기대가 높고 완벽주의적인 경향이 있기 때문에, 사실은 그다지 실수라고 할 것도 없는 행동들을 매우 끔찍한 일로 받아들이고, 다른 사람들이 자기를 싫어하거나 부정적으로 평가할 것이라 생각하여 부딪쳐보기도 전에 회피해버립니다. 그렇게 함으로써 자신이 갖고 있는 생각이 옳은지 그른지 여부를 객관적으로 판단할 수 있는 기회까지 놓치게 되는 것입니다. 오히려 자신만의 생각 속에서 객관적으로 검증되지도 않은 잘못된 생각들을 계속 키워나가게 됩니다.

그렇지만 실제로 그러한 실수를 다른 사람 앞에서 해보고 사람들의 반응을 직접 확인해본다면, 자신의 생각이 옳은지 여부를 직접 검증할 수 있는 기회가 생기게 됩니다. 다시 말하면 마음 속으로 수백 번 생각한다고 잘못된 생각들이 고쳐지는 것은 아닙니다. 그보다는 내 생각을 객관적으로 검증받을 수 있는 기회를 한 번 경험해보는 것이 훨씬 더 효과적입니다. 백문이 불여일견이라는 속담처럼 백 번 혼자 생각하는 것보다 한 번 실제 상황에 직면하는 것이 훨씬 더 효과적이라는 것입니다. 회피행동은 오히려 검증되지 않은 생각을 강화시키고 사실을 확인할 기회를 놓치게 만들 뿐입니다.

반복적이고 점진적인 직면은 그 자체로서 불안을 완화시켜줍니다.

누구든 처음 접하게 되는 상황에서 떨리고 불안한 것은 너무도 당연한 이치입니다. 아마 여러분 중에는 원래부터 내성적이고 수줍은 성격도 있을 것이고, 크게 창피나 망신을 당했던 과거의 경험 때문에 다른 사람 앞에 나서기를 어려워하는 사람들도 있을 것입니다. 그러다 보니 사람을 만나거나 남들 앞에 나서는 경험을 아예 피하게 되어 발표해본 경험이 손에 꼽을 정도밖에 되지 않는다거나, 스스로 새로운 사람들을 만나고 사귀어본 경험이 거의 없다든지 할 것입니다. 또 상황이 이렇게 되다 보면 자연히 사람들 앞에 나서게 되는 경험 자체가 다른 사람들에 비해 매우 적어질 수밖에 없습니다. 결과적으로 자기를 드러내는 연습을 할 기회를 스스로 없애버린 셈이 됩니다.

그러니까 여러분은 다른 사람들보다 사회적 상황에서 처음에 더 떨리고 불안해 할 수밖에 없다는 결론이 나옵니다. 아기들이 태어나서 목을 가누고 몸을 뒤집고 기고 앉고 설 수 있기까지 단계가 있듯이, 처음에 힘들고 떨리는 과정을 거쳐야만 나아질 수 있습니다. 경력이 오래된 배우나 가수가 무대에서 더 이상 긴장하거나 떨지 않는 것은 자주 무대에 서는 경험을 통해 그 상황에 익숙해지기 때문이라고 할 수 있습니다. 마찬가지로 사회공포증도 자신이 불안을 느끼는 상황을 반복적으로 경험함으로써 보다 편안해질 수 있습니다.

성공적인 직면을 해봄으로써 자신감을 얻을 수 있습니다.

지금까지 여러분은 사회공포증을 극복하는 방법을 주로 이론적인 측면에서 익혀보셨습니다. 그러나 여러분 중에는 이제까지 배운 것들을 활용하기 위해 혼자서 실제 생활에 적용해본 분이 계실 것이라 생각됩니다. 실제로 경험을 해본 분 중에서는 여전히 불안하고 힘들게 느꼈던 분도 있겠지만 '아! 나도 하니까 되는구나' 하는 기쁨을 맛본 분도 있을 것입니다. 만약에 후자쪽이라면 여러분은 벌써 꽤 자신감을 얻게 된 것입니다. 혹시 더 힘들고 좌절되는 경험을 하셨더라도 너무 실망하지는 마십시오. 여러분 모두가 '나도 하면 되는구나' 라는 기쁨을 느낄 수 있도록 지금부터 본 프로그램에서 체계적으로 직면훈련을 하려고 합니다. 직면훈련의 중요한 점이 바로 여기에도 있습니다. 즉, 지금까지 이론적으로만 배우거나 설명들은 것을 실제 생활에 적용해보고 그것들이 도움이 된다는 경험을 한다면, 여러분은 더욱 자신있게 본 프로그램에서 배운 것들을 적극적으로 활용하게 될 것입니다.

직면훈련, 어떻게 할 것인가?

직면훈련이라는 것이 자신이 두려워하는 사회적 상황에 무턱대고 뛰어드는 것을 의미하는 것은 아닙니다. 직면훈련을 하기 위해서는 주의 깊게 계획을 세우고 그에 필요한 기술을 갖추는 것이 필요합니다. 지금까지 훈련해온 대로 자신의 반사적 생각을 찾아내고 이를 타당한 생각으로 바꾸는 연습은 직면훈련에서 상당한 도움이 될 것입니다. 그러나 무엇보다도 중요한 것은 직면훈련을 체계적으로 계획하고 실행하는 일입니다.

직면훈련의 준비단계

직면할 상황을 정하기　직면훈련에 들어가기에 앞서 가장 먼저 해야 할 것은 불안을 느꼈던 상황 중 어떤 상황에 직면할 것인지를 결정하는 것입니다. 불안상황목록을 참고해도 좋고, 지금까지 여러분이 기록해온 사회불안기록표를 훑어보는 것도 도움이 될 것입니다. 그리고 혹시 사회불안기록표에 기록하지 않은 상황이라도 평소에 불안하게 느꼈던 상황들을 생각해보고 그 중에 하나를 선택해도 좋습니다.

일반적으로는 여러분이 불안을 가장 덜 느끼는 상황부터 시작하는 것이 원칙입니다. 그러나 다소 불안을 느끼기는 하지만 굳이 훈련이 필요하다고 생각되지 않으면 다음 단계부터 시작해도 좋습니다. 상황을 결정할 때 또 한 가지 고려해야 할 점은 여러분이 꼭 해보고 싶은 상황인가 하는 점입니다. 그렇지만 불안을 많이 느껴 위계상 다소 맞지 않는 상황이라 하더라도 반드시 극복해야 할 이유가 있다면 그 상황에 부딪쳐보는 것도 괜찮습니다. 어차피 여러분 스스로가 부딪쳐야 하는 훈련이기 때문에 동기가 높으면 높을수록 성공할 가능성은 커지기 마련입니다.

황원장은 자신이 기록해왔던 사회불안기록표를 참고하여 직면해보고 싶은 상황을 표 8-1에 열거하였습니다. 그리고 그 상황에서 느끼는 불안의 정도를 불안지수란에 적어보았습니다.

여러분도 마찬가지로 직면훈련목록을 표 8-2에 만들어보십시오. 먼저 직면해보고 싶은 상황을 열거하고 그 상황들을 불안 정도에 따라 1에서 8까지의 점수로 기록하면 됩니다.

다 적은 후에 그 내용을 살펴보십시오. 그러면 자신이 어떤 상황에서 가장 불안을 심하게 느끼고, 어떤 상황에서 덜 느끼는지 한눈에 파악할 수 있을 것입니다. 직면훈련의 목표를 정할 때는

표 8-1. 황원장의 직면훈련목록

불안을 느꼈던 상황	불안지수
가족 모임에 참석할 때	4
종업원들과 회식할 때	5
손님과 이야기할 때	5
미용사 모임에 참석하여 이야기할 때	6
종업원이 보는 앞에서 손님의 머리를 손질할 때	7
아이들이 다니는 학교 선생님과 얘기할 때	7

불안을 가장 적게 느끼는 상황부터 적용해나가는 것이 중요합니다. 불안 정도와 해보고 싶은 정도를 감안하여 목록에 적은 것 중에서 어떤 것을 가장 먼저 할지 결정하고 다음에 적어보십시오. 여러분이 할 수 있는 것부터 하나씩 시도해보고, 그것이 성공했을 때 자신감을 얻게 되면 그 다음 단계에 도전할 수 있는 힘을 얻게 될 것입니다.

구체적이고 세분화된 단계를 정하기   직면할 상황의 순서를 정하였으면 이번에는 구체적으로 직면의 단계를 결정해야 합니다. 직면훈련의 성패는 직면의 단계를 어떻게 결정하는가에 의하여 상당한 영향을 받습니다. 따라서 직면의 단계를 세심하게 준비하고 주의 깊게 결정하는 것이 매우 중요합니다.

표 8-2. 나의 직면훈련목록

불안을 느꼈던 상황	불안지수

　직면의 단계를 결정할 때 고려할 점은 실제 생활에서 쉽게 할 수 있고, 구체적이어야 한다는 점입니다. 그렇게 하기 위해서 한 가지 상황이라도 구체적이고 세분화된 단계로 쪼개어 생각하는 것이 좋습니다. 그리고 직면훈련의 단계를 결정할 때 현재 자신이 할 수 있는 행동이 어느 정도인가를 객관적으로 잘 살펴보고, 적당한 수준의 행동을 정해야 합니다. 즉, 현재 별다른 어려움없이 해낼 수 있는 수준보다 약간 높은 단계를 정하는 것이 바람직합니다.

　예를 들어 황원장이 직면할 상황으로 종업원들과 회식하는 상

직면과제의 선택

■ 첫 직면상황:

황을 정했다고 해봅시다. 그럴 경우, 그냥 종업원들과 회식할 자리를 만들어서 직면훈련을 해보는 것보다, 그 상황에 대해서 보다 세분화된 단계를 나누어보는 것이 필요합니다. 즉 종업원 중에서도 황원장이 조금 더 편하게 대할 수 있는 사람이 있을 것이고, 편하게 느끼는 장소가 있을 수 있습니다. 그러면 우선 그런 장소를 택하고 그런 사람을 골라서, 일차적으로 회식을 한 번 해보는 것입니다. 그 다음에는 조금 더 사람의 폭을 넓힌다든가, 더 낯선 장소를 택해볼 수도 있습니다. 그렇게 해본 다음에는 전체 종업원들을 대상으로 조금 더 격식을 갖춘 회식을 할 수 있을 것입니다. 이와 같이 한 가지의 직면할 상황에 대해서도 보다 구체적으로 세분화된 단계를 설정하여 점진적으로 접근해가는 것이 좋습니다.

표 8-3은 황원장의 예를 가지고 작성해본 직면단계표입니다. 직면단계표는 직면 상황에 대해 쉬운 과제와 중간 정도의 과제, 그리고 어려운 과제로 나누어 단계별로 기록하도록 되어 있습니다. 한두 가지씩 자신이 생각하는 난이도에 따라 기록하면 됩니다.

표 8-3. 황원장의 직면단계표

직면상황	종업원들과 회식하기
쉬운 직면과제	아주 가까운 종업원 두세 명과 미용실에서 간식 같이 먹기 아주 가까운 종업원 두세 명과 점심 시켜 먹기
중간 직면과제	비교적 가까운 종업원 5-6명과 점심 시켜 먹기 비교적 가까운 종업원 5-6명과 자주 가는 식당에서 저녁 먹기
어려운 직면과제	전체 종업원과 비교적 자유로운 분위기에서 저녁 같이 먹기 전체 종업원과 공식적으로 회식하기

이제는 여러분이 앞에서 결정한 첫 직면상황을 가지고 황원장의 예와 같이 직면단계표를 작성해보십시오. 앞에서도 강조하였

지만 직면단계를 정할 때, 가능하면 구체적으로 적는 것이 효과적입니다. 황원장의 경우에도 종업원 중 누구누구와 함께 갈 것인지 구체적으로 적어보았습니다. 때문에 직면하고자 마음먹은 상황에 대하여 보다 적극적인 마음으로 임할 수 있었습니다.

표 8-4. 나의 직면단계표

직면상황	
쉬운 직면과제	
중간 직면과제	
어려운 직면과제	

그렇다면 이제는 자신의 경우에 적용해봅시다. 앞에서 여러분은 직면훈련목록을 작성하였고, 그 중에서 가장 먼저 훈련을 할 상황을 정했습니다. 이제는 구체적이고 세분화된 단계를 표 8-4에 적어보십시오. 위의 황원장의 예처럼 쉬운 직면과제부터 어려운 직면과제까지 난이도에 따라 한두 가지씩 기록하면 됩니다. 사람에 따라서는 두 가지 단계만 세울 수도 있고, 다섯 가지 혹은 그

이상의 단계를 세울 수도 있을 것입니다.

직면의 실행절차

직면을 실행하기 전에 단계를 정했으면 이제는 직면훈련을 할 준비가 된 셈입니다. 황원장의 예를 가지고 먼저 적용해보기로 합시다. 황원장은 아주 가까운 종업원 두세 명과 미용실에서 점심이나 간식을 같이 먹는 것부터 직면훈련을 시작하기로 하였습니다. 이때 예상 불안지수는 4점이며, 그때 떠오른 생각은 '그래도 내가 원장이니까 원장다운 모습을 보여주어야 해', '이 사람들마저도 내게서 뭔가 이상하다고 느끼면 어떡하지'라는 것이었습니다.

황원장은 지금까지 배우고 익힌 것을 통해, 반사적 생각을 타당한 생각으로 바꾸기 위해서 각각의 반사적 생각에 대응하는 타당한 생각들을 표 8-5에 적어보았습니다. 이에 대응하는 타당한 생각은 표에 있는 것처럼 '원장이라는 것에 얽매이면 내 모습이 자연스러울 리가 없어. 맘을 편하게 가지고 그런 부담없이 한번 해보자', '이 사람들이 나를 좀 이상하게 생각하면 어때, 다른 사람들이 나를 이상하게 생각하는 것보다는 그래도 나을거야, 이 사람들은 나와 친한 사람이니까 그래도 나를 이해해주겠지'라는 것입니다.

이처럼 직면에 들어가기 바로 전에 해야 할 것은 자신이 얼마나 불안을 느낄지, 반사적 생각은 무엇인지, 그에 대응하는 타당

표 8-5. 황원장의 직면훈련기록지

예상 불안지수	반사적 생각	타당한 생각	실제 불안지수
4점	'그래도 내가 원장이 니까 원장다운 모습 을 보여주어야 해' '이 사람들마저도 나 에게서 뭔가 이상하 다고 느끼면 어떡하 지'	'원장이라는 것에 얽매이면 내 모습이 자연스러울 리가 없어. 맘을 편하게 가지고 그 런 부담없이 한번 해보자' '이 사람들이 나를 좀 이상하 게 생각하면 어때. 다른 사람 들이 나를 이상하게 생각하 는 것보다는 그래도 나을거 야. 이 사람들은 나와 친한 사람이니까 그래도 나를 이 해해주겠지'	2점

한 생각은 무엇인지를 살펴보는 것입니다.

직면을 하는 중에　직면에 들어가기 앞서 자신이 예상한 불안지수와 반사적 생각, 그리고 이에 대응하는 타당한 생각을 미리 생각해보았다면, 직면 전에 해야 할 준비는 다한 셈입니다. 그러면 준비를 마친 후 직면상황에 뛰어들 때는 어떤 것에 유의해야 하는지 생각해봅시다.

직면 중에 여러분이 잊지 말아야 할 것은 크게 두 가지입니다. 첫째는 직면 상황 중에 계속해서 타당한 생각을 유지하도록 애써야 합니다. 반사적 생각은 오랫동안 우리 몸에 배어 있어서 이를 찾아내기가 쉽지 않은 것처럼, 그것을 바꾸는 것도 말처럼 쉽지는 않습니다. 직면 전에 이미 마음의 준비를 하고 타당한 생각을 해보려 애썼다 하더라도 막상 직면 장면에서는 자기도 모르는 사이에 지금까지 가지고 있던 타당하지 않은 반사적 생각을 떠올리기 쉽습니다. 그러므로 의도적으로 타당한 생각을 하려고 계속해서 노력하지 않으면 반사적 생각이 쉽게 타당한 생각으로 바뀌지 않습니다. 따라서 직면 중에도 여러분은 계속해서 자기 스스로에게 타당한 생각을 확인시켜주어야 할 것입니다.

두번째로 유의해야 할 것은 직면 중에 회피하지 말아야 한다는 점입니다. 직면을 하다 보면 힘들고 어려울 때가 있고, 그럴 때 이번 한 번만 그냥 물러서자고 생각하기 쉽습니다. 그런데 이런저런 이유로 한두 번씩 상황을 회피하다 보면 결국 직면을 제대로 실행하기가 어렵습니다. 직면훈련은 직면 그 자체로도 의미가 있지만, 앞에서 배우고 익혔던 인지재구성훈련을 실제 직면 장면에 적용해본다는 데 더욱 의미가 있습니다. 그러므로 직면을 회피하게 되면 잘못된 생각을 바로잡을 기회를 잃게 되는 것이고, 그 기회가 없어진다면 다시 잘못된 생각을 가지고 사회적 상황에 처하게 되는 일이 반복되어 사회공포증은 앞으로도 계속될 수밖에 없다는 결론이 나옵니다. 따라서 직면 상황에서 아무리 작은 것일지라도 피하지 않는다는 마음 자세로 견뎌보십시오. 일단 그 상황에서 견디고 나면 잘 했든 못했든 그 상황으로부터 배울 점이 있을 것입니다. 잘 했다면 계속해서 자신감을 얻게 되는 것이고, 만약 잘 못했다면 왜 그렇게 되었는지 원인을 찾아볼 수 있으므로 이것 역시 자기발전의 기회로 삼을 수 있습니다.

직면이 끝난 후에 직면이 끝난 후에는 자신의 직면훈련에 대하여 스스로 평가해보는 것이 필요합니다. 이때 평가할 것은 크게 두 가지인데, 그 중 하나는 예상했던 것만큼 실제로 불안했는가 하는 점입니다. 사회공포증인 사람들은 실제로 어떤 상황에 부딪혔을 때 불안을 느끼는 정도보다 자신이 더 불안할 것이라고 미리 겁을 먹고 지레짐작하는 경우가 많습니다. 그래서 계속해서 그 상황을 피하게 되는 것입니다. 그러므로 직면훈련 전에 불안 정도를 예상해보고, 직면이 끝난 후에 실제 얼마나 불안했었는지를 평가해서 그 차이를 비교해보는 것이 도움이 됩니다. 대개는 예상 불안지수보다 실제 불안지수가 낮은 것이 보통입니다. 즉, 미리 예상했을 때보다 실제 그 상황에서 느끼는 불안의 정도가 낮다는 것입니다. 그리고 아무런 사전 준비없이 상황에 부딪치는 것이 아니라, 체계적인 훈련을 거친 후 직면하는 것이므로 실제 불안지수가 낮아지는 것은 당연한 결과일 것입니다.

두번째로 평가해야 할 것은 미리 검토했던 타당한 생각이 실제 직면 장면에서 얼마나 효과적으로 유지됐는가 하는 점입니다. 여러분은 직면에 들어가기 전에 미리 반사적 생각을 찾아내어 이를 타당한 생각으로 바꾸는 연습을 했습니다. 그리고 직면을 하는 중에도 타당한 생각을 유지하도록 의식적으로 노력했을 것입니다. 그러나 그런 노력에도 불구하고 타당한 생각이 제대로 유지되지 않고 자신도 모르게 반사적 생각이 들어 불안했다면, 다시 한 번 그때 떠오른 반사적 생각이 무엇이었나 검토해보아야 할 것입니다. 혹시 미리 예상하지 못했던 반사적 생각이 들었다면 이에 대한 타당한 생각을 찾는 연습을 다시 해야 합니다. 이와 같이 직면이 끝난 후에 타당한 생각이 계속해서 잘 유지됐는지를 스스로 분석, 검토해보는 일은 매우 중요합니다. 그리고 직면 장면에서 타당한 생각을 유지하려면 계속해서 꾸준하게 연습하고 노력해야 비로소 성과가 나타날 수 있습니다.

직면훈련이 끝난 후 평가할 때 주의해야 할 것은 자신의 행동에 대해 지나치게 비판적으로 평가하지 않아야 한다는 점입니다. 직면훈련을 잘 해냈다면 더 바랄 것이 없겠지만, 마음 먹은 대로 안 되었다면 여러분은 그 자리를 떠나면서 후회할 수도 있고, 자책하며 비하할 수도 있습니다. 여러분이 경계해야 할 감정이 바로 이것입니다. 여러분은 지금까지 그런 상황을 피해왔기 때문에 그 상황에서 불안과 초조감을 느끼고, 제대로 해내지 못했다는 후회가 생기는 것은 당연합니다. 그리고 혹시 실수를 했다 하더라도 그것은 다음 번에 더 잘 할 수 있는 발판이 될 것입니다. 따라서 그것 때문에 용기를 잃고 회피행동을 다시 반복하는 일은 없어야 합니다.

실제 직면을 하기 전에 직면훈련목록표와 직면단계표를 작성하였다면, 직면이 끝나고 난 후에는 직면훈련기록지를 작성해보십시오. 자신의 직면훈련 결과에 대해서 기록하다 보면 여러분의 생각을 정리하고, 실제 결과를 눈으로 살펴보는 데 도움이 될 것입니다. 직면이 진행되는 중에 실제 불안을 느꼈던 정도를 적어보고 결과를 비교 분석해보십시오.

표 8-6. 직면훈련기록지

예상 불안지수	반사적 생각	타당한 생각	실제 불안지수

직면훈련의 실제

　다음의 예는 황원장이 여러 사람들 앞에서 실제 상황을 연출하여 직면훈련을 해본 것입니다. 앞에서 배웠던 것처럼 직면할 상황과 그 단계를 정한 후에, 그 중 한 가지 상황을 시도해본 것입니다. 직면의 절차에 따라 직면 전, 중, 후에 해야 할 것들이 무엇인지, 그리고 직면훈련은 어떻게 진행되는지, 직면훈련의 효과는 어떤 것인지를 다음의 예를 통해서 확인해보십시오.

　치료자 : 자, 황원장께서는 공식적으로 나가서 얘기하려면 힘들다고 하셨는데, 그럼 여기를 공식적으로 이야기하는 자리라고 생각하고 우리한테 5분 동안 뭐든지 전문적인 내용을 강의해주시면 좋겠어요. 그리고 다른 분들은 모두 열심히 듣고, 시선을 집중해주십시오. 자, 어떤 것으로 하시겠어요?

황원장 : 제가 아는 거라곤 머리손질하고 피부관리인데 …, 그러면 그냥 피부관리를 얘기해볼까요?

치료자 : 예, 좋습니다. 보통 이런 강연할 때 몇 명 정도 모이게 되나요?

황원장 : 경우마다 다르긴 하지만 대개 평균 잡으면 한 40~50명 정도쯤이요.

치료자 : 그러세요? 그럼 여기에 그 정도의 사람이 모인 것으로 가정을 해봅시다. 그러면 우선 사람들 앞에서 피부관리를 강연한다고 할 때 얼마나 불안할 거라고 예상하세요?

황원장 : 어…글쎄 한 6 정도? 예, 6 정도예요.

치료자 : 네, 6 정도요. 그럼 그때 드는 반사적 생각은 어떤 것이 있을까요? 보통 그런 상황에서 떠오르는 생각들 말이죠.

황원장 : 늘 그렇지만 그런 거 할 때 남이 나에게 시선을 주고 내 일거수 일투족을 전부 다 지켜보고 있다는 생각이 들어요.

치료자 : 남들이 나의 행동 하나하나를 다 지켜본단 말이죠? 그래요. 만약 그렇다면 그 상황에서 황원장께서는 어떻게 행동해야 할 거라고 생각하세요?

황원장 : 아주 매끈하게 말도 잘 하고, 그래서 다들 좋아하고, 반응이 좋길 바라지요.

치료자 : 다들 좋아하고 반응이 좋으려면 아주 매끈하게 말을 잘 해야 한다고 생각하신다구요?

황원장 : 예. 그리고 남들이, 거기 모인 사람들의 눈이 일단 나를 다 지켜보고 있으니까 아무래도 긴장이 되죠.

치료자 : 아, 거기 모인 사람들이 전부 다, 또 처음부터 끝까지, 내 행동만 지켜볼 것이라고 생각하세요?

황원장 : 일단 나를 보고 내 얘기를 들으니까 그럴 거 같은데…

치료자 : 그럼 반대로 황원장은 어떠세요? 다른 사람이 강연할 때 그 사람의 일거수 일투족을 세밀하게 다 지켜보나요?

황원장 : … 얘기를 듣고 보니까 꼭 그런 것 같지는 않고…

치료자 : 네, 그래요. 우리가 남의 얘기를 들을 때는 사실 그 내용에 신경을 쓰느라고 뭐 그 사람의 행동 하나하나를 보는 것 같지는 않네요. 그렇죠? 그래요, 그럼 정리해서 황원장께서 갖고 계신 반사적 생각은 '사람들이 내 행동을 하나하나 모두 지켜보고 있을거다'라는 거하고, 아까 얘기한 '아주 매끈하게 말을 잘 해야 사람들이 다들 좋아할 것이다'라는 거. 맞나요? 그렇죠? 그럼 이에 대한 타당한 생각은 어떤 것이 될까요? 한 번 바꾸어보실래요?

황원장 : 사람들이 내 강연 내용을 듣지, 내 일거수 일투족을 지켜보지는 않는다는 것하고, 말을 좀 잘 못해도 괜찮을 거다 라는 거.

치료자 : 예, 꼭 잘 해야만 사람들이 나를 좋아하는 것은 아니다 라는 거죠.

황원장 : 네.

치료자 : 그럼 좋습니다. 예상 불안지수는 6이고, 반사적 생각과 타당한 생각을 모두 살펴봤어요. 자, 이제 진짜 하는 거라고 생각하시고 일단 한번 해봅시다.

황원장 : 전 긴장이 되는데 여러분이 자꾸 웃으시니까…

8장 직면훈련은 어떻게 하는 것인가
•

치료자 : 여러분 모두 진지하게 지켜봐주세요. 제가 소개를 하고 나면, 진짜처럼 하셔야 합니다. 자, 분위기를 마련해보죠. 그러면 명동에서 활발히 활동하고 계시는 황선생님께서 나오셔서 피부관리에 대해서 간단한 조언을 해주시겠습니다. 앞으로 나오십시오.

황원장 : 예… 안녕하세요. 이렇게 더운 날씨에 이런 자리에 와주셔서 감사합니다. 저를 소개하자면, 명동에서 미용실을 운영하고 있는 황○○입니다. 이런 자리에서 여러분들을 뵙게 되어 영광이고, 이렇게 여러분을 만나서 반갑습니다. 제가 여기… 주제넘게 이런 좌석에서 여러분께 강연을 하게 되었습니다. 제가 별로 아는 것은 없지만… 그래도 여러분께서 잘 들어주셨으면 감사하겠습니다. 저는 물론 미용에 대해서 강의를 하겠는데요. 제가 왜 이러죠…? 아니, 다시… 다시 하겠습니다. 여름철에는 아무래도 피서라든지 햇빛에 노출되는 시간이 길어져 자외선에 자극을 많이 받습니다. 그러다 보면 피부가 상한 상태이기 때문에 그런 경우엔 수분이나 유분을 주셔야 합니다. 그래야 침투가 되어서 많이 상하지 않고… 더군다나 바닷물에 들어가실 경우에는 피부나 머리가 수축이 돼서 머리가 많이 상합니다. 그래서 일단 잘 씻어내시고 트리트먼트나 그런 것으로 마사지를 해주시고, 피부보다는 머리가 더 예민하고 자극이 심합니다. 그러니까 여러분들은…

치료자 : 네, 거기까지만 하죠. 어떠셨어요?

황원장 : 어휴! 너무 떨려요.

치료자 : 떨린다고 하셨는데 얼마나 떨리셨어요? 8이 가장 심하

게 떨리는 수준이라면.

황원장 : 처음엔 하기가 어려울 정도로 말이 떨리더라구요. 한 7
정도…

치료자 : 전체적으로는 어떠셨어요 ? 아까 예상되는 불안 정도가
6이라고 하셨는데.

황원장 : 처음엔 7 정도고, 나중엔 한… 4 정도

치료자 : 그래요. 처음에 더 떨리셨죠 ? 자, 다른 분들은 어떻게
보셨는지 얘기를 나눠봅시다. 다른 분들은 어떻게 보셨
어요?

정대리 : 전 못 느꼈는데요. 떠는 거.

김 양 : 저도 전혀 못 느꼈어요.

치료자 : 참 이상하지요? 저도 역시 목소리가 떨리는 건 관찰하
지 못했거든요. 말이 막히긴 했지만 목소리를 떠는 것
은 관찰하지 못했어요. 그러니까 그 차이가 많은 것 같
아요. 본인이 떨린다고 느끼는 것과 외부적으로 얼마나
떨리는 모습으로 나오는가는 실제로 상당한 차이가 있
는 것 같아요.

황원장 : 여러분들 얘기를 듣고 보니 제가 느낀 것과는 상당한
차이가 있는 것 같네요. 하는 입장에서는 불안하고 기
분 나쁘고 마음이 괜히 이상해지거든요.

치료자 : 네, 바로 거기에 힌트가 있는 거네요. 왜 남은 그렇게
안 느끼는데, 자기가 자기를 볼 때는 기분 나쁘고 마음
이 상할까요?

황원장 : 모든 것을 잘 하고 싶은데 그게 잘 안 되니까…

치료자 : 그렇지요. 자신은 굉장히 잘 하고 싶고, 그러니까 기준
이 높고… 거기다가 은연중에 다른 사람들은 얘기할 때

8장 직면훈련은 어떻게 하는 것인가
•
221

떨지 않을 것이란 가정을 해요. 즉, 이런 것을 인지적 오류에서 뭐라고 하죠? 남들은 안 떨릴 것이다 라고 생각하는 것은 지레짐작이고 나는 떨려서는 안 된다는 것은 강박적 부담이죠. 남들이 여러분을 볼 때 떨지 않는 것으로 보듯이 다른 사람들도 다 마찬가지예요. 누구나 조금씩 다 떨고 있는데 그게 남에게 드러날 정도로까지 보이지는 않는다는 거죠. 자, 그러면 다시 돌아가서 아까 하시면서 어떤 점이 힘드셨어요 ?

황원장 : 시선이 집중되고 분위기가 가라앉고 그러다 보니까 그런 자리에서 발표를 하는 게 긴장이 되는 거죠.

치료자 : 그런데 다른 분들도 황원장님을 보고 느끼셨는지 모르겠는데, 본인도 아까 처음에 더 떨렸다고 하셨잖아요? 황원장께서 잘 해야 한다는 부담을 많이 느끼고 계시다는 것을 전 어디서 느꼈느냐면, 제가 여름철 피부관리에 대해서 얘기해달라고 하자 인사말을 할 때는 많이 떨리는 것 같았는데 본인이 잘 아는 부분으로 들어가면서부터는 말이 줄줄줄 나오더라구요. 그때는 어떠셨어요? 앞부분하고 비교해서 …

황원장 : 좀 안정이 되지요.

치료자 : 그러니까 황원장께서 잘 아는 부분으로 곧바로 들어가면 그건 전문 분야이기 때문에 저절로, 말하자면 내용에 초점을 맞추어 얘기할 수 있는데, 처음 부분에 뭐 이렇게 더운 날씨에도 … 이런 식으로 소개 부분을 근사하게 해서 좋은 인상을 주려고 하시기 때문에 오히려 그 부분에서 말이 떨리고 힘들게 되지 않았나 싶어요. 그냥 명동에서 미용실을 운영하는 황○○입니다. '여름

철 피부관리에서 조심해야 할 점은' 하고 바로 들어가시면 훨씬 더 편안하게 할 수 있으실 것 같은데, 어떠세요?

황원장 : 그럴 것 같아요.

치료자 : 그렇죠. 앞부분을 근사하게 해서 좋은 인상을 남기려는 것 자체가 벌써 부담을 많이 안고 들어가시는 거죠. 나를 잘 보이고 좋은 인상을 남기고 좋은 평을 받기 위해서 앞부분도 아주 멋있게 말 잘 하는 사람처럼 보이려고 하니까요. 그런데 그 수준에서 한 단계 더 내려와서, 좀 더 익숙해지면 나중에 가서 그렇게 하기로 하고 지금은 앞부분을 그냥 간단하게 하시는 게 좋겠어요. 그렇게 되면 그 다음부터는 황원장께서 늘 하시던 거니까 훨씬 부담이 적어질거예요. 아셨죠? 여러분은 어떠세요?

윤 양 : 사람들이 들을 때는 인사말은 해도 그만 안 해도 그만인데, 피부관리 얘기로 본격적으로 들어가면서부터는 귀가 쫑긋하거든요. 그 얘기를 듣고자 하는 거니까.

치료자 : 그렇죠. 그리고 그건 황원장께서 제일 잘 하시는 부분이잖아요. 제가 보기엔 본론으로 들어가서 얘기하는 게 익숙해지면, 나머지 부분은 저절로 잘 될테니 군살은 다 빼고 자신이 제일 잘 아는 그 부분부터 들어가시면 좋을 것 같아요. 자, 하시면서 아까 시작하기 전에 바꾸었던 타당한 생각은 얼마나 잘 유지되던가요? '사람들이 다 나만 보는 것은 아니다, 내 말을 듣는 것이지'와, '내가 잘 해야 사람들이 좋아하고 조금이라도 매끄럽지 못하면 나를 싫어하는 것은 아니다'라는 거하고.

8장 직면훈련은 어떻게 하는 것인가
•

황원장 : 예, 일단 그렇게 맘을 먹고 시작하니까 좀 나은 것 같
긴 해요. 마음의 부담도 덜 하고...
치료자 : 바로 그거예요. 마음의 부담이 덜 느껴지는 것. 남이
나를 어떻게 볼까, 좋은 인상을 남겨야 하는데가 아니
고 거기서 벗어나 부담을 덜 느끼게 되는 그 점이 중요
한 거예요. 자, 잘 하셨고 또 기회 있을 때마다 연습해
봅시다.

모든 직면훈련이 다 똑같지는 않지만 대체로 이와 같은 방식으
로 진행됩니다. 여러분도 직면훈련을 어떻게 하는지 충분히 알게
되었을 것입니다. 이제 실제생활에서 직면훈련을 해보고 연습하
는 일만 남았습니다. 다른 훈련과 마찬가지로 직면훈련도 해보면
해볼수록 익숙해집니다.

연습 ··

이번 장에서는 직면훈련을 통하여 불안과 직접 직면하고, 어떻게 대처해야 하는지 연습하였습니다. 이러한 훈련을 하는 것은 지금까지 배워온 기술들을 잘 활용하여 실제생활 속에서 불안을 이겨나가도록 하기 위한 것입니다. 따라서 이번 장의 과제는 지금까지 배운 것처럼 계획을 세워 실생활에서 직면훈련을 해보는 것입니다. 아래 빈 칸에 여러분이 이번 주에 직면할 상황을 직접 적어보십시오. 처음부터 어려운 상황을 택하지 말고 할 수 있을 것 같은 상황을 택해서 적으십시오. 지금까지 회피하던 상황에 한번 부딪쳐보고 그 결과에 대해서 아래에 있는 직면훈련기록지에 기록해보십시오.

실제 직면과제:

직면훈련기록지

예상 불안지수	반사적 생각	타당한 생각	실제 불안지수

9
직면훈련을 어떻게 적용할 것인가

지난 시간에 여러분은 직면훈련에 대해 알아보았고, 스스로 정했던 직면과제를 수행해보았을 것입니다. 처음 실제 상황에 직면을 시도한 것이라서 다소 불안하고 어색하고 힘들었겠지만 실제 직면을 해보았다면 일단 그것으로 여러분은 많은 것을 해낸 것입니다. 이제까지의 과제들도 물론 중요하지만 지난 시간부터 하기 시작한 직면훈련은 매우 중요합니다. 왜냐하면 직면을 하면서 이제까지 배우고 익혀온 인지적인 훈련들을 일상생활 속에서 계속적으로 검증하고 활용할 수 있어야만 사회공포증이 극복될 수 있기 때문입니다. 그러기에 실제 직면훈련은 이제껏 배운 모든 것들을 종합하는 것이며, 반복해서 직면을 해나가면서 사회공포증을 스스로 다스릴 수 있게 될 것입니다.

인지재구성훈련 때와 마찬가지로, 직면훈련은 앞에서 배우고 익힌 인지재구성훈련을 직접 불안 상황에서 시도해보고 체험해보는 종합적인 훈련이므로, 직면훈련을 한 후에 그 결과를 철저히 검토하는 것이 중요합니다.

또한 일상생활에서 직면훈련을 체계적으로 해보는 것도 중요하지만 사회공포증을 극복하는 데 있어서 더욱 중요한 것은 얼마나 자주 불안한 상황에 직면해보는가 하는 것입니다.

직면훈련을 통하여 불안한 상황에 자주 직면하다 보면 이제까지 꺼리고 불편해 하던 행동들을 보다 잘 할 수 있게 될 것입니다. 그런데 남들 시선에서 좀 더 자유롭기 위해서는 남들에게 보여주고 싶지 않은 나의 약점을 드러내 보는 훈련이 도움이 될 수 있습니다. 이번 장에서는 사람들 앞에서 실수를 하거나 자신의 약점을 드러내 봄으로써 사회공포증을 보다 적극적으로 극복하는 방법을 다루어보겠습니다.

불안하고 긴장하고 있다는 사실을 알리기

　사회공포증을 가진 사람들에게 가장 큰 위협은 창피나 망신을 당하는 것입니다. 따라서 낯선 사람을 만난다든지, 남들 앞에서 발표를 한다든지 하는 상황에 처하게 되면, 정도의 차이는 있지만 가슴이 두근거리고, 얼굴이 달아오르고, 목이 뻐근해지는 등 여러 신체감각의 변화가 일어나게 됩니다. 이미 설명했듯이 이 모든 신체적 변화는 그 자체로는 아무 해가 없는 정상적인 현상입니다. 그렇지만 사회공포증을 가진 사람들의 경우, 흔히 자신의 신체적 변화를 감지하는 순간 더욱 당황하게 되고, 게다가 '남들이 그 사실을 알아차리면 어떻게 하나', '내가 떠는 것을 보고 나를 어떻게 생각할까' 하는 걱정 때문에 더욱 불안해지게 됩니다. 제1부에서 소개한 바 있는 박군의 경험을 간단히 설명하겠습니다.

　박군이 처음 프로그램을 시작할 때는 자신의 눈매가 너무 날카롭고 뻣뻣하다고 생각해 버스나 지하철을 타는 것도 힘들어 하였습니다. 그렇지만 박군에게 가장 당면한 문제는 세미나식으로 진행되는 강의에서 발표를 하는 것이었습니다. 박군은 발표하기 전에 많은 준비를 해가지만 자기가 준비한 것에서 조금이라도 벗어난 질문을 받거나 발표를 하다가 약간이라도 말을 더듬게 되면 순간적으로 불안이 엄습해옵니다. 이때 박군은 숨이 가빠지고 얼굴근육이 얼어붙고 머리 속이 텅 빈 것 같이 느껴진다고 말했습니다. 그래서 처음에는 불안이 엄습해오는 순간에 어떤 생각을 하고 있는지 구체적으로 관찰하기가 매우 어려웠습니다. 불안이 조금 덜 심한 상황에서부터 자신의 생각을 관찰하는 연습을 거듭한 결과, 발표하는 자리에서 말이 막히면 '왜 이러지. 이건 아닌데'에서부터 시작하여 '다시는 고개를 못들고 다닐거야', '이제 이 교수님 얼굴을 다시는 볼 수 없겠지', '이러다가 취직할 때 추천장 하나 못받을거야'와 같이 순식간에 최악의 상황을 예상하는 파국적 예상을 한다는 것을 알게 되었습니다. 이런 상황뿐 아니라 친구집을 방문해서 초인종을 누를 때 친구가 바로 나오지 않거나, 전화를 했을 때 친구가 받지 않으면 순간 심하게 당황하고 몸이 얼어붙어 그냥 발길을 돌려 나온다거나 전화를 끊어버리는 일이 많았습니다.

박군에게는 불안이 엄습해오는 순간을 피하지 않고 그 상황에 남아 있는 직면훈련을 하는 것이 여러모로 도움이 되었습니다. 차츰 박군은 발표할 때 말문이 막히더라도 마음을 가다듬고 다시 하면 된다는 것을 경험하게 되었고, 예상하지 못한 사람이 전화를

이러다가는 취직할때 교수님께 추천장 하나 못받을 거란 생각이 드네요…

받았을 때 순간적으로 말이 나오지 않더라도 조금 숨을 돌리고 나면 말을 할 수 있다는 것을 알게 되었습니다.

한번은 우연히 친구들과 있는 자리에서 갑자기 말문이 막혀 당황하게 되었는데 이 때 박군은 처음으로 '왜 이렇게 떨리지?' 하고 이야기를 하자 훨씬 부담이 줄어드는 것을 경험하게 되었습니다. 그래서 그 다음부터는 발표할 때 많이 떨릴 것 같으면 아예 처음부터 '발표를 하려니까 많이 떨리네요'라는 말을 하는 훈련을 해보았습니다. 이런 말을 하고 나서 시작하자 예상했던 것보다 덜 떨리게 되었고, 설사 좀 떨리는 목소리로 말했더라도 이전만큼 심각하게 받아들이지 않게 되었습니다.

사회공포증을 가진 사람들이 불안해 하는 모습을 감추고 싶어 하는 이유는 남들에게 전혀 흠없는 완벽한 모습을 보여주려고 하기 때문입니다. 그래서 어떤 상황에 처하든지 자신감있고, 여유있는 모습을 보여주려는 것입니다. 그렇지만 여러분이 스스로의 경험을 돌이켜서 잘 생각해보십시오. 내가 불안한 행동이나 신체적 반응을 숨기려고 할 경우, 이를 의식하면 할수록 더 떨리지는 않았습니까? 사람은 누구나 남들 앞에서 감추려고 하는 것이 있을 때 더 불안해지기 마련입니다. 예를 들어, 이마에 여드름이 난 것을 앞머리로 가렸다든지, 스타킹의 올이 나간 것을 돌려서 신었다든지, 아니면 과제를 해오지 않은 것을 감추고 있다고 합시다. 사람들 앞에 나서려면 괜히 더 불안하고 신경이 쓰일 것입니다. 쉽게 찾아볼 수 있는 예로, 찻잔을 잡은 손이 떨리는 것을 감추려고 힘을 주면 줄수록 더 떨린 경험이 여러분에게도 있을 것입니다. 이와 같이 우리의 신체적 반응은 감추려고 하면 할수록 그 강도가 더 커지는 것이 큰 특징입니다.

여러분도 이제 계획을 세워서 자신의 불안을 상대방에게 알려 보십시오. 그리고 이런 훈련을 하기 전에는 지금까지처럼 반사적 생각을 계속 검토해보는 것이 도움이 됩니다. 특히 내가 긴장하고 있다는 것을 다른 사람에게 알렸을 때 상대방이 어떻게 받아들일 것이라고 생각하는지, 그리고 알린 후에는 어떤 반응이 나올 것 같은지 한번 검토해보십시오.

이 훈련을 하기 전에 반사적 생각을 검토해야 하는 이유는 여러분들이 '다른 사람들이 모두 내가 불안하다는 것을 알아차렸을 거야'라거나 '사람들이 이런 내 모습을 비웃을거야'라는 식의 지레짐작을 하는 경우가 상당히 많기 때문입니다. 그렇다면 이미 배운 대로 여러분의 반사적 생각을 타당한 생각으로 바꾸고 본 훈련에 임하도록 하십시오.

우선 처음에는 비교적 가까운 사람들과 함께 있을 때나 비공식적인 상황에 적용해보십시오. 처음 본 사람에게 회의석상과 같은 공식적인 자리에서 자신의 불안을 알리기란 상당히 어렵기도 하거니와 상황에 맞지 않는 행동이 될 수도 있습니다. 일단 비교적 쉽게 속마음을 털어놓을 수 있는 사람들에게 여러분의 불안을 한번 알려보십시오. 너무 자세하게 이야기할 필요는 없습니다. 그저 '오늘은 꽤 긴장이 되네요'라거나 '긴장이 되서 그런지 목소리가 떨리네요' 정도면 충분합니다.

알리고 싶지 않은 나의 약점을 드러내기

남들보다 학력이 뒤처진다거나 집안이 좋지 않다거나 하는 개인적인 약점들은 사회공포증이 없는 사람이라 하더라도 다른 사람들에게 알리기를 꺼리는 것이 보통입니다. 스스로의 생활 속에서나 다른 사람과의 관계에 별다른 영향을 미치지 않는다면 굳이 다른 사람에게 나의 약점을 드러낼 필요는 없습니다. 그렇지만 다른 사람이 나의 약점을 알아차릴까봐 늘 전전긍긍하고, 그것 때문에 자신감이 떨어지고, 심지어는 사람을 피하게까지 된다면 이것은 다른 문제입니다. 나의 약점이 무엇이고 그것을 다른 사람들이 알고 있는가의 여부보다 더욱 중요한 것은, 약점이 있다는 사실에 지나치게 집착한 나머지 다른 생활까지 지장을 초래하는 것입니다.

사회공포증을 가진 사람들은 그렇지 않은 사람들에 비하여 자신의 약점에 대해 훨씬 더 심각하게 생각하는 경향이 있습니다. 그래서 이것을 다른 사람에게 알리고 싶어하지 않을 뿐 아니라 심지어는 그런 사실이 알려지면 아주 끔찍한 일이 일어날 것이라고 생각하는 경우도 많습니다. 김양의 경우도 여기에 해당합니다.

김양은 집안형편상 상업고등학교에 진학했습니다. 부모님은 시장에서 조그맣게 야채장사를 하시는데, 김양은 이 사실을 제일 친한 친구에게조차 알리지 않았습니다. 김양은 부모님의 직업이 남들 앞에 떳떳이 내세울 만한 것이 아니라고 생각하여, 늘 수치스럽게 생각하고 이를 감춰왔습니다. 김양이 친구들과 있을 때 자연스럽게 행동하지 못하고 늘 긴장되고 어색한 모습을 보이는 이면에는, '친구들이 이 사실을 알면 나를 무시하겠지'라는 생각이 강하게 자리잡고 있습니다.

이럴 경우 김양은 어떻게 해야 이런 부담에서 벗어날 수 있을까요? 우선은 앞에서 배웠듯이 자신의 반사적 생각을 검토하고 이것을 타당한 생각으로 바꿔볼 필요가 있습니다. 즉 '우리 부모님이 시장에서 장사하시는 것을 알면 다른 사람들이 나를 얼마나 무시할까'와 같은 생각을 '우리 부모님이 시장에서 장사를 해서 가난하게 살긴 하지만 그렇다고 이것이 부끄럽거나 수치스러운 일은 아니야'라고 생각할 수도 있고, 나아가서 '어렵게 자식들을 키우셨는데 이제는 내가 부모님을 도와드려야지'라고 생각할 수도 있습니다.

이렇게 반사적 생각을 검토하는 것으로 충분하다면 좋겠지만 대개 자신의 약점에 관한 생각들은 핵심신념과 관련된 부분이 많기 때문에 단순히 반사적 생각을 검토하는 것만으로는 변하지 않는 경우가 많습니다. 그럴 경우에는 직면훈련을 해보는 것이 큰 도움이 될 수 있습니다. 이런 이야기를 들으면서 여러분은 내심 '그 사실을 알면 모두 나를 무시할텐데, 그렇게는 할 수 없어' 라고 생각할지 모릅니다. 숨기려고 애써왔을수록 더욱 망설이게 되고 두려움을 느끼는 것은 당연합니다.

그러나 여러분은 이 책을 읽으면서 어느 정도 자신감을 얻었을 것이고, 직면훈련을 반복해가면서 그토록 두려워했던 일이 사실은 그렇게까지 두려워할 만한 일이 아니었다는 것도 어느 정도 깨닫게 되었을 것입니다. 그리고 무엇보다도 자신의 약점을 드러내라는 것이 처음부터 공개적으로 많은 사람에게 자신의 약점을 알리라는 의미는 아닙니다. 직면훈련을 할 때 직면의 순서와 목표를 정하듯이 우선 자신이 감당할 수 있는 수준부터 시작해보자는 것입니다.

김양의 경우, 처음 직면훈련은 아주 가깝고 자신의 허물을 이해할 만한 친구에게 이 사실을 알리는 것이었습니다. 김양은 친구에게 이 사실을 얘기하면 친구가 뜻밖이라는 표정으로 놀라거나, 아니면 겉으로는 아무렇지 않은 척 하지만 속으로는 이제 자기를 좋아하지 않을 것이라고 생각했습니다. 그런데 막상 그 사실을 이야기하자 친구는 뭘 그러냐는 듯이 별 반응을 보이지 않았습니다. 그리고는 오히려 '너네 부모님 힘드시겠다, 네가 많이 도와드려야겠다'라고 어른스럽게 얘기하는 것이었습니다. 김양이 걱정했던 것처럼 친구가 자기를 멀리하거나 무시하지 않는 것을 보고 김양은 이 사실을 창피하게 여겨 감추려고 애써온 자신의 모습이 오히려 민망하고 부모님께 미안하기도 하였습니다.

나의 약점을 상대방에게 알렸을 경우, 김양의 경우처럼 그 사람이 대수롭지 않게 받아들인다면 여러분은 스스로 갖고 있었던 생각이 잘못된 것임을 깨닫고 쓸데없는 걱정에서 벗어나게 될 수 있을 것입니다. 그러나 모든 사람이 이렇게 반응할 것이라고 기대할 수는 없습니다. 그 중 어떤 사람은 여러분이 털어놓은 약점을 가지고 여러분에게 상처를 주거나 난처하게 만들 수도 있습니다. 이런 경우 여러분은 자신의 약점을 드러낸 것을 후회하며 더욱 자신의 울타리 속으로 움츠러들게 될 수도 있습니다. 그러나 스스로를 탓하기 전에 그런 행동을 보인 사람들이 왜 그랬을까를 생각해 볼 필요가 있습니다. 상대방이 약점이라고 생각하는 것을 이용하여 그 사람에게 상처를 준다면 그것은 여러분 자신의 문제라기보다는 그런 행동을 하는 사람의 문제로 볼 수 있습니다. 이런 사실을 깨닫게 된다면 여러분은 약점을 드러냄으로써 겪을 수 있는 곤란을 보다 쉽게 극복할 수 있을 것입니다.

제1부에서 잠깐 살펴본 이군의 경우 다음과 같은 식으로 자신의 약점을 남들에게 알려보았습니다.

이군은 어느 순간부터인가 자신의 몸에서 냄새가 난다는 생각을 갖게 되었는데 처음에는 사실이 아닐지도 모른다고 생각하였으나, 시간이 지날수록 냄새가 난다는 사실을 강하게 믿게 되었습니다. 이군은 냄새가 난다고 생각하기 이전부터 사람들이 자신을 싫어한다고 생각해왔습니다. 이러한 생각은 이군의 핵심신념으로 자리잡아 조금이라도 결점이 있으면 다른 사람들이 자기를 좋아하지 않을 거라고 생각하며, 남들에게 보여지는 자신의 모습에 과도하게 신경을 쓰고 다른 사람의 눈치를 많이 살피곤 하였습니다.

　이러한 문제를 극복하기 위해서 이군은 냄새가 난다고 해서 사람들을 피할 것이 아니라 될 수 있으면 모임에 참가하고 친구들과도 적극적으로 어울려 보려고 매우 노력하였습니다. 이군은 직면훈련의 일환으로 교내 서클에도 가입하고, 다니다가 그만 둔 교회에도 다시 나가기 시작하였습니다. 가끔씩 냄새가 난다는 생각이 떠올라 괴로웠지만 이군은 이 생각을 묻어두고 더 열심히 활동하려 애썼습니다. 그 결과 한시도 머릿속에서 떠나지 않던 냄새난다는 생각이 자기도 모르게 잊혀질 때가 있다는 것을 느끼기 시작했습니다.

　이군은 여기서 한걸음 더 나아가 용기를 가지고 자신의 몸에서 냄새가 나는지 여부를 친구들에게 물어보기로 마음 먹었습니다. 이는 이군에게 결코 쉽지 않은 일로, 남들에게는 절대로 드러내 보이고 싶지 않은 자신의 최대 약점을 공개하는 것과 다름이 없었습니다. 이군은 중학교 때 제일 친했던 친구에게 이 사실을 물어보았습니다. 그랬더니 친구는 냄새를 전혀 못 느꼈다며 그런 문제로 지금껏 고민했었냐면서 기가 막히다는 듯이 웃었습니다.

김양과 이군은 모두 남들에게 감추고 싶은 자신의 약점이나 결점 때문에 일상생활에서 심각한 지장을 받고 있었습니다. 하지만 이것에서 벗어나야 할 필요성을 느끼고 용기를 내어 자신의 약점을 드러낸 결과 그 약점은 상당 부분 자기가 씌워놓은 울타리였음을 깨닫게 되었고 그 약점으로부터 좀 더 자유로워질 수 있게 되었습니다.

남에게 좋지 않은 인상을 줄 만한 행동 해보기

사람들은 누구나 다른 사람에게 좋은 인상을 주고 인정받기를 원합니다. 그래서 가능하면 다른 사람들에게 좋은 평가를 받을 만한 행동이나 말을 하려고 하고, 그렇지 않을 것 같은 행동들은 피하게 됩니다. 앞에서도 계속 강조했듯이 사회공포증은 남들에게 좋은 평가를 받고자 하는 마음이 지나쳐서 결국은 제대로 행동을 할 수도 없을 만큼 불안해지는 것입니다.

대부분의 사람들은 스스로 분명하게 인식하지는 못한다 하더라도 마음 속에 '이런 행동은 남들이 좋아하지 않을거야. 이렇게 행동해야 남들이 나를 인정해주고 좋게 볼거야' 라는 식의 평가기준을 가지고 있습니다. 그리고 다른 사람과의 관계에서도 이 기준에 맞추어 행동하게 됩니다. 이미 살펴보았듯이 사회공포증을 가진 사람들은 이 평가기준이 너무나 엄격하기 때문에 다른 사람들이라면 '그럴 수도 있지' 하고 넘어갈 만한 행동을 '그런 식으로 행동하면 다른 사람들이 싫어할거야' 라고 생각합니다. 이렇게 되면 사소한 행동을 하면서도 '이런 나를 보고 남들이 뭐라고 할까' 라는 걱정 때문에 필요 이상으로 긴장하고 불안을 느끼게 될 것입니다. 이런 특징 때문에 이들은 다른 사람의 부탁을 거절한다거나 혹은 반대로 부탁을 한다거나 도움을 청할 때에도 심한 불안을 느낄 수 있습니다. 이 때 남들이 싫어할 만한 말이나 행동을 실제로 해보게 되면 남들의 반응이 자신이 예상한 것보다는 덜 부정적일 수 있다는 것과, 또 그런 행동을 할 때 생각했던 것보다는 불안이 덜하다는 것을 알 수 있습니다.

신부장은 프로그램을 해오면서 불안할 때 드는 생각을 좀 더 자세히 살펴보고 이제까지 피해오던 많은 상황에 직면을 하다 보니 자신이 다른 사람에게 좋은 평가를 받으려고 얼마나 신경을 써 왔는지 실감하게 되었습니다. 직면훈련의 초기에는 회사 사람들과의 회의에 많이 참석해보고, 또 신입사원 교육도 자진해서 해보았습니다. 그러면서 신부장은 자신이 어떤 상황이든, 특히 초기에 불안을 많이 느낀다는 것을 알게 되었고, 그 이유는 사람들 앞에서 잘 해야 하는데 하는 강박적 부담이 자신도 모르게 앞서기 때문이라는 사실을 깨닫게 되었습니다. 신부장은 자신이 직면할 상황을 정하면, 그 다음 자신이 그 상황에서 얼마만큼 잘 행동하기를 기대하는지 구체적으로 한번 적어보고, 실제로 자신의 기대수준이 너무 높으면 그것을 하향조정한 후 직면훈련에 들어갔습니다. 이런 연습이 반복되자 직면 초기에 느꼈던 불안이 상당히 줄어들게 되었습니다. 차츰 신부장은 직장뿐 아니라 기원에 갈 때나 물건을 사러 갈 때도 다른 사람의 시선을 훨씬 덜 의식하게 되었습니다. 이와 같이 직면훈련을 여러 차례 한 후 신부장은 사람들이 자신의 말 한 마디나 행동에 일일이 주의를 기울이는 것은 아니며, 자신이 생각하는 것보다 남들이 자신을 더 후하게 평가한다는 것을 여러 번 확인하게 되었습니다. 신부장은 남의 시선에서 좀 더 자유로워지기 위하여 남들이 싫어할 행동을 일부러 해보는 훈련을 하게 되었습니다.

치료자 : 구체적으로 어떤 일이 있었습니까?
신부장 : … 지금까지 전 직원들에게 상당히 잘 해줬거든요. 그런데 요즘에는 일부러 결재서류를 제대로 안해오면 퇴짜도 막 놓고, 말도 무뚝뚝하게 '다시 해와' 그럽니다. 그랬더니 직원들이 당황해 하더라구요. 처음에는 의식적으로 친절하게 '이런 건 고치지' 하는 정도로 말하고 그랬는데, 요즘에는 나도 안면몰수하고 뻔뻔스럽게 하면서 지내요. 그런데 그래보니까 나 스스로 강해지는 것 같았어요. 이제는 다른 동료들이 협조를 요구해도 그것이 꼭 받아들일 만한 것이 아닐 때는 그것은 협조할 것이 아니라고 잘라버리고, … 예전에는 '이렇게 하면 다른 사람들이 나를 어떻게 생각할까'라는 생각 때문에 될 수 있으면 상대방 입장에서 편안하게 해주려고 했는데, 그러다 보니까 내가 약해지는 것 같았어요. 지금은 내가 그런 것들을 자르고 뻔뻔해지려고 노력하니까, 이제 와서는 의식하지 않아도 그렇게 되더라구요.

사실 직원들한테는 좀 미안하지만, '좀 기다려라' 그런 식으로 생각해요. 고의로 그러는 것도 아니고 일을 처리하다 보니까, 사실상 또 그렇게 해야 되기도 하고, 그래야 그 사람들도 성장을 하게 되겠고, …… 내가 그 사람들을 편하게 해주려고 '좋은 게 좋은 거다' 하고 넘어가서는 아무것도 안 되는 것 같아요. 사실 전 그런 상황이 되풀이해서 많이 일어났으면 좋겠어요. 그렇게 되면 그런 행동들도 별로 힘들지 않게 할 수 있고, 그리고 부하직원들도 그런 상사와 같이 있으면서 배울 필요가 있지요. 그런 거 배우지 않고 다른 데 보내면 고생하거든요. 저도 사실 그렇게 어려운 상사 밑에서 고생을 한 적이 있습니다. 그래서 편하게 해주려고 했던 것인데, 잘 생각해보면 제가 부하직원들한테 잘 대해주지 않으면, 예전의 상사를 마음 속으로 싫어한 것처럼 그 사람들도 나를 욕하고 그러지 않을까, 그런 생각들도 많았던 것 같아요.

신부장은 '부하직원들에게 친절하고 사려깊게 대해주지 않으면 나를 좋지 않게 평가할거다' 하는 생각 때문에 지나치게 친절을 베풀며 지내왔습니다. 이처럼 사회공포증을 가진 사람들은 다른 사람으로부터 좋은 평가를 받기 위하여 지나치게 남을 배려하고, 그러다 보니 무리한 부탁을 받을 때도 거절하지 못하는 경우가 종종 있습니다. 여러분도 아마 무리한 부탁임을 알면서도 거절하지 못하고 들어주다가 매우 곤란함을 겪었던 적이 있을 것입니다. 남에게 좋은 평가를 받는 것도 중요한 일이지만 꼭 필요한 경우에는 거절도 할 수 있어야 합니다.

　사회공포증을 가진 사람들이 좀처럼 거절을 하지 못하는 이유는 그랬다가는 상대방이 자신을 싫어하게 되거나 좋지 않게 볼 것이라고 생각하기 때문입니다. 그러나 여러분이 직접 거절을 해보면 생각했던 것처럼 그렇게 걱정할 만한 일이 아니었다는 것을 깨닫게 될 것입니다.

　여러분도 자신의 행동을 돌이켜 생각해보면 이런 경우를 겪은 경우가 적지 않을 것입니다. 남들이 싫어할까봐, 아니면 남들이 나를 좋지 않게 볼까봐 꼭 해야 하는 행동조차 못했던 경험은 없습니까? 이를테면 어떤 가게에 들어가서 물건값을 물어보면 그냥 나오지 못하고 물건을 꼭 산다거나, 새로 산 물건이 마음에 들지 않아도 그것을 교환하러 가지 못하고, 심지어는 길가는 행인에게 길을 물어보는 것처럼 사소한 행동을 할 때조차도 남을 의식하고 불안을 느꼈던 적이 있을 것입니다. 그렇지만 일단 부딪쳐본다면 그런 행동들이 걱정했던 것만큼 남들에게 나쁜 인상을 주지도 않고, 설령 약간 불쾌한 경우를 당한다고 해도 그것이 예상했던 것처럼 심각한 것은 아니라는 것을 알게 될 것입니다. 계획을 세워서 여러분들이 꺼리는 행동 중에서 남들에게 좋은 인상을 주지 못할까봐 절대로 못할 것 같았던 행동들을 한번 해보십시오.

　일부러 사소한 실수를 해보는 훈련도 여기에 포함될 수 있습니다. 그리고 그런 다음 생각했던 만큼 남들이 나를 우습게 보는지 아니면 대수롭지 않게 넘어가는지 다른 사람의 반응을 살펴보십시오. 실수를 해본다고 해서 남의 이목에 지나치게 거슬리는 행동을 할 필요는 없습니다. 그저 남들이 하면 별 것 아닌 것 같은데도 평소에 그런 행동을 보일까봐 지나치게 조심하는 그런 행동들을 해보면 됩니다. 어떤 행동을 할지 정해졌으면 자신이 이러한 행동을 했을 때 어떤 결과가 예상되는지에 대해서도 한번 생각해보십시오. 그리고 실제로 해본 후 비교해보십시오. 어떤 행동을 할지가 정해졌으면 자신이 이러한 행동을 했을 때 어떤 결과가 예상되는지에 대해서도 한번 생각해보십시오. 그런 다음 직면훈련을 해보고 자신이 미리 예상했던 바와 같은지 비교해보십시오.

정대리의 경우 사소한 실수를 하는 직면훈련을 어떻게 했는지 살펴보겠습니다.

정대리는 남들 앞에서는 항상 흠잡히지 않을 만한 행동을 해야 한다고 생각하여, 남들이 싫어할 만한 행동은 절대로 하지 않으려 애쓰면서 지내왔습니다. 이렇게 행동하다 보니 누군가에게 사소한 부탁을 한다거나 혹은 남의 부탁을 거절하는 것조차 점점 어려워져 직면훈련으로 남들이 싫어할 수도 있는 사소한 실수를 해보기로 하였습니다.

정대리가 계획한 행동은 점심 때 식당에 가서 음식을 주문하고는 주문받은 사람이 돌아서서 가는 동안 다시 불러 다른 음식으로 바꾸어달라고 이야기하는 것이었습니다. 처음 식당은 평소에 정대리가 자주 가는 곳이라서 종업원들이 그를 어느 정도 알고 있었고, 음식 메뉴를 바꾸어달라고 하자 별다른 거부 반응없이 정대리의 요구를 들어주었습니다. 이같은 훈련을 좀 더 적극적으로 하기 위하여 정대리는 잘 가지 않던 음식점에 가서도 음식을 주문하고 다른 메뉴로 바꾸어달라고 하였습니다. 물론 요리를 시작하기 전에 말입니다. 대부분은 별로 불쾌한 반응없이 그의 요구를 들어주었지만 일부 음식점에서는 약간 싫은 얼굴을 하는 경우도 있었고, 어떤 경우에는 노골적으로 불쾌한 기색을 드러내는 경우도 있었습니다. 그러나 반복적인 직면훈련을 통하여 정대리는 그런 일들이 그렇게까지 남에게 불쾌감을 주지도 않을 뿐더러 그것이 정당하게 자신을 주장하는 방법일 수도 있음을 어느 정도 터득하게 되었습니다.

직면훈련을 하다 보면 예상했던 것만큼 남들이 싫어하지는 않는다는 것을 배울 수도 있지만, 반드시 이런 경우만 있는 것은 아닙니다. 상황이나 상대에 따라서는 부정적인 반응을 보이는 사람도 있습니다. 여러분은 지금까지 사회공포증이나 그것을 극복하는 방법을 많이 배웠기 때문에 예전보다는 훨씬 더 이런 상황을 잘 받아들일 수 있을 것입니다. 살아가면서 모든 사람에게 항상 좋은 평가를 받을 수는 없습니다. 여러분이 원하지 않는 평가를 받았다고 하더라도 때로는 그것을 그대로 수용하는 자세 또한 사회공포증을 극복하는 데 매우 필요한 것입니다.

연습········

이번 주 과제는 단순히 두려운 상황에 나를 노출하는 것을 넘어, 보다 적극적으로 나의 불안이나 약점을 상대방에게 알린다거나, 남들이 좋지 않게 생각할 만한 행동을 해보는 것입니다. 아직 충분히 준비가 되지 않은 분은 무리하게 이런 훈련을 하는 것보다는 지난 주와 마찬가지로 직면과제를 정하여 훈련하는 것이 좋습니다. 그러나 좀 더 적극적인 직면훈련을 해보고 싶고, 그럴 만한 준비가 되신 분은 이번 주에 배운 직면훈련 중 하나를 택하여 계획을 세우고 실생활에 적용해보십시오. 지난 주와 마찬가지로 이번 주에 할 과제를 지금 정하여 아래에 적어보십시오.

이미 말씀드렸듯이 다른 사람들이 언제나 긍정적인 반응만을 보이는 것은 아니기 때문에 가능하면 자신의 반사적 생각과 타당한 생각을 조심스럽게 살펴보고, 예상되는 결과가 무엇인지, 또 그 결과에 대하여 어떻게 대처해야 할지도 잘 생각한 뒤 훈련에 임하도록 하십시오.

직면훈련을 마친 뒤에는 직면훈련기록지에 그 내용을 기록해보시고, 이에 대하여 다음 시간에 같이 생각해보도록 하겠습니다.

이번 주의 직면과제:

_____

예상 불안지수	반사적 생각	타당한 생각	실제 불안지수

10

나 자신이 치료자가 되는 법

그 동안 여러분은 직면훈련을 얼마나 열심히 해보았습니까? 여러분 중에는 적극적인 직면훈련을 해본 분들도 계시고, 보통 정도의 직면훈련을 해보신 분도 계실 것입니다. 우리가 잊지 말고 염두에 두어야 할 것은 직면훈련을 하면서 잘못된 생각이 얼마나 타당한 생각으로 바뀌었는가 하는 점입니다. 아마 직면훈련을 계속 하다 보면 여러분도 느끼지 못하는 사이에 잘못된 생각들이 상당 부분 타당한 생각으로 바뀌어나갈 것입니다.

프로그램을 정리하며

지금까지 여러분은 사회공포증이란 무엇인가에 대하여 살펴보고, 사회공포증을 극복하기 위해 인지재구성훈련과 직면훈련을 배웠습니다. 프로그램을 마치는 지금은 여러분이 배우고 익힌 내용들을 다시 한 번 정리하여, 이것을 여러분 자신의 것으로 만들어가야 할 때입니다. 그러기 위해서는 지금까지 배운 내용들을 다시 한 번 훑어보고, 처음과 비교하여 달라진 점과, 아직까지도 미흡한 점들을 점검해볼 필요가 있습니다. 우선 제2부의 3장부터 9장까지의 내용을 간략하게 요약하면 다음과 같습니다.

3장에서 여러분은 사회공포증을 극복하기 위해서 왜 객관적인 관찰자가 되어야 하는지, 그리고 무엇을 관찰해야 하는지에 대하여 배웠습니다. 그리고 자신이 관찰한 바를 사회불안기록표를 이용하여 기록하는 방법에 대해서도 알아보았습니다.

4장의 내용은 사회공포증의 세 가지 요소들-신체반응, 생각, 행동-이 어떤 식으로 서로 상승작용을 하는지에 대하여 다루었고, 여기에서 우리는 신체반응과 행동이 주로 생각을 매개로 하여 서로 상승작용을 하게 된다는 것을 알게 되었습니다.

5장에서는 사회공포증을 일으키는 데 있어서 잘못된 생각의 중요성에 대하여 살펴보고, 사회공포증에서 흔히 나타나는 인지적 오류, 즉 파국적 예상, 나와 관련짓기, 지레짐작하기, 흑백논리, 강박적 부담에 대하여 살펴보았습니다.

6장에서는 잘못된 반사적 생각을 타당한 생각으로 바꾸기 위해서, 각각의 인지적 오류들을 바로잡을 수 있는 방법에 대하여 자세히 살펴보았습니다. 그리고 나에게 주로 나타나는 인지적 오류를 바로잡을 수 있는 질문을 잘 활용해야 한다는 점을 강조하였습니다.

7장에서는 근본적으로 나 자신에 대해 가지고 있는 핵심신념은 무엇이며, 이들을 찾아내고 올바로 수정하기 위해서는 어떻게 해야 하는지 살펴보았습니다.

8장에서는 직면훈련으로 들어가서, 직면훈련은 어떻게 하는 것인지 그 절차와 직면훈련시 유의할 점들에 대하여 살펴보았습니다.

9장에서는 보다 적극적으로 직면훈련을 해보기 위해 몇 가지 방법들, 즉 불안하다는 사실을 알리기, 나의 약점을 드러내기, 좋지 않은 인상을 줄 만한 행동 해보기에 대하여 설명하였습니다.

이렇게 하여 각 장에서 다루었던 내용들을 간략하게 훑어보았습니다. 지금까지 해온 내용들을 검토해보는 것은 여러분이 배운 것들을 정리해본다는 측면에서 필요할 뿐더러, 앞으로 스스로 치료자가 되어 사회공포증을 직접 다루어나가기 위해서 꼭 필요한 절차입니다. 사회공포증을 없애기 위해서는 이 모든 절차와 내용들이 여러분의 머리와 가슴 속에 정확하고 분명하게 자리잡고 있어야 합니다. 어떠한 상황에서 어떠한 반사적 생각이 생기는지, 그것은 어떤 종류의 인지적 오류인지, 그리고 이를 타당한 생각으로 변화시키기 위해서는 어떻게 생각하는 것이 필요한지 알고 있어야 함은 물론이고, 반복적이고 체계적인 직면훈련을 통해 익혀 나가야 합니다. 그러면 이 프로그램을 마치면서, 처음과 비교하여 여러분이 느끼기에 좋아졌다고 생각되는 점들을 정리해보고, 알고는 있지만 아직까지 행동으로 옮기지 못하는 부분들이 있다면 그것에 대해서도 다시 생각해보기로 하겠습니다.

좋아진 점을 정리하기

개인마다 차이는 있겠지만 이 프로그램을 마칠 즈음하여 여러분 모두가 사회공포증을 어느 정도는 극복할 수 있게 되었을 것입니다. 처음 이 프로그램을 시작할 때를 한 번 회상해보십시오. 그 당시 여러분은 어떠한 상황에서 어느 정도로 사회불안을 느꼈는지, 그리고 어떠한 잘못된 생각들을 가지고 있었는지 떠올려보십시오. 그리고 바로 지금, 여러분은 어느 상태에 있는지 현재의 모습을 생각해보고, 이전의 모습과 비교해보십시오. 여러분은 이 프로그램을 통해 어떤 점이 변화되었습니까? 보다 좋아지고 달라진 점은 어떤 것들입니까?

다음은 이 프로그램을 집단으로 해본 후 여기 참가한 사람들이 소감을 이야기한 것입니다.

치료자 : 이제 오늘로 이 프로그램을 마치게 되었습니다. 여러분이 돌아가면서 어떤 점들이 좋아졌는지 얘기하는 시간을 가졌으면 좋겠는데, 누구부터 하실까요? 자유롭게 말씀해보세요.

박　군 : 저는 지난 주에 수업시간에 발표할 기회가 있었어요. 이번 학기에 제일 중요한 것이었고, 어쩌면 대학 4년 동안 제일 비중있는 수업이었어요. 그리고 그 시간이 부담스러워서 처음에 이 프로그램에 참가하기로 했던 거고요. 마침 이 프로그램 끝날 때하고 발표 시기가 맞아 떨어져서 기대 반 걱정 반 그랬는데, 지난주 발표는 걱정했던 것보다는 잘 했어요. 사실 그 전엔 잠도 안 오고 안절부절할 정도로 발표 때문에 계속 긴장해왔거든요.

치료자 : 잘 하셨어요. 그 이야기를 들으니까 너무 기쁘네요.

박　군 : 저도 너무 기뻤어요. 이렇게 무사히 마칠 수 있게 되어

서요. 발표만으로 학점이 주어진다고 생각하니 정말 떨리더라구요.

치료자 : 그런데 어떻게 해서 발표를 잘 해낼 수 있었던 건가요?

박 군 : 선생님도 아시다시피 제가 직면훈련을 많이 했잖아요. 그런데도 계속 불안했던 이유를 생각해보니, 말로는 '하는 데까지 하지 뭐' 하면서도 속으로는 끝까지 잘 해야겠다는 생각을 버리지 않고 있었던 거예요.

치료자 : 그래요. 잘 해야 한다는 부담이 있으면 결국 필요 이상으로 긴장하게 마련이지요. 끝까지 그런 생각을 버리지 않고 있다는 것을 스스로 알아차린 게 중요한 것 같아요.

박 군 : 이전에는 발표를 잘 하는 사람들이 '보통'이고 나는 '이상한' 사람이라고 생각했는데, 이제는 정말 자연스럽게 발표를 잘 하는 사람들이 '특별한' 사람이고 내가 '보통'이라는 것을 알았어요.

치료자 : 그래요. 그 정도로 높은 기준을 가지고 있었다는 거죠. 아주 잘 하는 사람들을 제외하면 모든 사람들이 대부분 다 떠는데, 그게 '보통'이에요. 그러니까 박군도 특별히 이상한 사람이 아니라는 것을 알게 되었다는 거네요.

박 군 : 하기 전엔 정말이지 너무 힘들고, 생활이 온통 뒤죽박죽 다 엉망이었는데, 마치고 나니까 할 수 있을 거란 자신감이 생겼어요. 이제는 '내가 할 수 있는 만큼만 해야겠다, 그러다 보면 더 나아지겠지'하고 지나친 부담은 안 가지려고 해요.

치료자 : 그렇게 시작하다 보면 점점 잘 하게 될 거에요. 또 다

좋아진 점을 정리하기

■ 프로그램 전과 비교하여 좋아진 점

■ 도움이 되었던 방법들

■ 생각이 변화된 점

른 사람은 어떠셨어요?

김　양 : 제가 할게요. 전 여기에 참가하기 전까지는 정말 힘들
　　　　었어요. 대인관계에서 거의 폐쇄적으로 되다시피 했죠.
　　　　그래서 이 프로그램을 하면서 자꾸만 부딪쳐야 된다는
　　　　생각을 수도 없이 했어요. 그런데 이젠 정말 많이 좋아
　　　　졌어요. 아침에 눈을 뜰 때가 다른 거 있죠. 기분이...

얼마 전까지만 해도 자신이 원망스럽고 한심했는데, 지금은 당당해요. 당당하다기보다는 그 전보다 낫다는 거지요. 저 스스로 죽기 살기로 노력을 했거든요.

치료자 : 그래요. 이 프로그램을 시작할 때는 참 많이 힘들어 하셨죠. 그동안 어떻게 노력했는지 한번 얘기해보시겠어요?

김　양 : 여기에 참가하기 전까지 저는 마지못해 나가기는 했지

10장 나 자신이 치료자가 되는 법
·

만 학원에 나가는 것조차 너무 힘들었어요. 그래서 결석도 많이 했구요. 남들이 모두 나를 싫어한다고 생각하니 너무 괴로웠거든요. 아니지 싶으면서도 자꾸 그런 생각이 드는 걸 떨쳐버릴 수가 없었어요. 그러다 보니 점점 폐쇄적으로 됐는데 이번 프로그램을 하면서 아, 이게 잘못된 생각일지 모른다. 그리고 피하지 말고 사람들과 부딪쳐보자. 이 두 가지 생각을 줄곧 했어요.

치료자 : 내가 믿는 것들이 틀렸을 수도 있다, 잘못된 생각일지도 모른다는 생각을 한 것이 어쩌면 변화의 시작이 되었겠네요. 그렇게 생각이 바뀌니까 사람들하고 부딪치는 것이 예전보다는 덜 힘들었겠지요.

여기서 한 가지 명심해야 할 것은 때때로 이 프로그램이 끝난 후에 큰 변화가 없다고 느끼는 분도 있을 수 있습니다. 그런데 실제로는 프로그램을 시작할 때와 비교하면 여러 가지 변화가 있는데 그 차이를 대수롭지 않게 생각하는 분들도 있고, 때로는 변화가 기대했던 것만큼 보이지 않기 때문에 변화가 없다고 단정짓는 분들도 있을 수 있습니다. 여러분이 앞으로 계속 좋아지기 위해서는 작은 부분이라도 변화가 일어난 것이 무엇인지 알아보고, 어떻게 그런 변화가 일어났는지 확실하게 아는 것이 필요합니다. 어떻게 변화가 일어났는지를 알게 되면 앞으로 그 방법을 계속 연습하고 실제 생활에 적용해봄으로써 이 프로그램이 끝난 후에도 점점 더 좋아질 수 있습니다.

또 한 가지 조심해야 할 점은 좋아진 부분이 있을 때 그것을 깎아내리지 말아야 한다는 점입니다. 우리에게는 흔히 자신이 좋아진 것에 대해서는 별 게 아닌 것으로 여기고, 남이 좋아진 점은 실제보다 더 대단한 것으로 생각하는 경향이 있습니다. 그러나 이와 같이 나와 남을 이중적인 잣대로 다르게 재지 말고, 자기 스스로에게도 객관적으로 공정한 평가를 내리는 것이 중요합니다. 스스로 좋아진 점을 평가절하해버린다면 여러분의 사회공포증은 쉽게 나아지지 않습니다.

부족한 점을 정리하기

앞에서 여러분은 바람직하게 변화된 부분에 대하여 스스로 정리해보았고, 또 다른 사람들의 사례를 통해서도 정리가 되었을 것입니다. 변화된 부분도 있지만 아직 머리로만 이해할 뿐 실제 행동으로까지는 이어지지 않은 부분들도 있을 것입니다. 그러한 부분들도 정리해보는 것이 필요합니다. 머릿속으로 생각하면서도 행동이 따르지 않는 이유는 원리를 잘 이해하지 못했기 때문일 수도 있고, 아니면 자신감이나 용기가 부족하기 때문일 수도 있습니다. 만약 전자의 경우라면 지금이라도 그 부분을 다시 읽고 충분히 이해하고 넘어가는 것이 필요합니다. 그리고 후자의 경우라면 어떤 부분이 힘든지 구체적으로 생각해보고 그것보다 조금 덜 힘든 것부터 실행에 옮겨보는 것이 도움이 될 것입니다.

부족한 점을 정리해보는 칸에 이미 이해하고는 있지만 실행하지 못하고 있는 부분들이 있으면 적어보십시오. 어떤 점이 힘든지

부족한 점을 정리하기

■ 좀 더 훈련해야 할 부분

그 이유를 파악해보고, 다시 한 번 차근차근 계획을 세워 시도해 보시기 바랍니다.

앞에서와 같이 프로그램에 집단으로 참가한 분들의 이야기를 들어보기로 하겠습니다.

치료자 : 정대리께서는 데이트할 때 긴장되고 불안하던 것이 많이 줄어들었다고 했는데, 회식하는 자리에선 어떠신가요?

정대리 : 회식하는 자리는 아직까지 조금 힘들어요. 친구들은 그야말로 나를 잘 아니까 괜찮고, 또 데이트할 때도 어느

정도는 할 수 있겠더라구요. 그런데 회식할 때, 특히 윗분들도 오시고 해서 큰 모임이 되고 분위기가 딱딱할 때는 아직도 좀 힘들어요.

치료자 : 어떤 때 제일 힘드세요?

정대리 : 그냥 참석할 때는 그래도 좀 낫죠. 아무도 날 신경쓰지 않는다, 그러니 내가 꼭 잘 보여야 할 필요는 없다, 이런 생각들을 하니까요. 그런데 정말로 어려운 것은 그런 자리에서 돌아가면서 노래를 시킬 때입니다.

치료자 : 회식자리에서 노래할 때요?

정대리 : 예, 그냥 직원들끼리 모여서 노래 부르고 할 때는 그런대로 괜찮거든요. 그런데 공식적인 자리다 싶으면 딱 긴장이 되어서 표정도 그렇고 음정도 그렇고, 잘 할 수 있는데도 제대로 못 부를 때가 많아요. 도중에 가사도 잊어먹고...

치료자 : 어떤 생각 때문에 그런 것 같아요? 혹시 생각해보신 게 있어요?

정대리 : 글쎄요. 나의 결점을 알리기 싫어하기 때문인 것 같은데요.

치료자 : 아, 그러니까 노래하는 도중에 실수하거나 하는 것이 큰 결점이라고 생각되시나 보죠? 노래하기 두려워하는 이유도, 노래를 잘 불러야 하고 도중에 실수하거나 잘 못하는 것은 약점이라고 생각하니까 그것을 남들에게 보이고 싶지 않은 거죠. 그렇지만 노래를 좀 못하는 게 결점일까요? 혹시 내가 모든 것을 잘 해야 한다고 생각하는 것은 아닐까요? 가수할 것도 아닌데 노래야 좀 못할 수 있지, 안 그래요?

정대리 : 알기는 알죠. 그러면서도 막상 노래하려고 하면 잘 안
　　　　되거든요. 그래서 앞으로 기회가 생기는 대로 많이 해
　　　　보려구요.
치료자 : 그러세요. 공식적인 모임에서만 하는 게 아니라 우선
　　　　몇 명이 모여 있을 때부터 시도해보세요. 그러다 차차
　　　　공식적인 자리에서도 해보시고… 조금씩 더 자주 해보
　　　　세요. 또 다른 사람은요?
윤　양 : 저는 연주할 때 굉장히 떨어서 약을 먹었잖아요. 그런
　　　　데 선생님 말씀을 듣고 이 집단에 참가하면서 몇 번 약
　　　　을 안 먹고 연주를 해보았어요.
치료자 : 그래, 어떠셨나요?

윤 양 : 아직 다 좋아진 것은 아니고, 약 먹을 때가 2/3, 안 먹을 때가 1/3, 이 정도예요.

치료자 : 그럼 아주 좋아지신 거네요. 처음에도 말씀드렸지만 이 프로그램이 끝났다고 해서 여러분들이 완전히 좋아질 수는 없겠죠. 이 프로그램을 통해 여러분이 '아, 이런 부분이 내 문제였구나'하는 것하고, '이렇게 하면 나아질 수 있겠다'라는 것을 조금이라도 깨달으셨다면 된 거죠. 그리고 몇 차례 연습을 통해 그것을 몸에 익혀보셨구요. 시작이 반이라는 말도 있듯이 이제부터는 여러분이 스스로 노력하실 차례예요. 여기서 배웠던 것들을 가지고 말이예요. 자, 아직까지는 약을 먹을 때도 있고 안 먹을 때도 있다고 그랬는데 어떤 때 주로 약을 먹게 되나요?

윤 양 : 특히 대예배 때는 먹게 돼요. 그 외에 모임이나 다른 예배 시간에는 마음먹기에 따라선 안 먹기도 하고요. 그리고 얼마 전에 외부에서 부탁이 들어와서 저희 오케스트라가 다 함께 가서 연주해준 적이 있어요. 그런데 그 때는 하나도 안 떨리더라구요.

치료자 : 외부에서 할 때는 하나도 안 떨렸어요? 그게 어떤 차이가 있을까요.

윤 양 : 거기에는 저를 아는 사람이 하나도 없잖아요. 그러니까 '틀려도 그만이다'이런 생각을 했었어요.

치료자 : 그럼 대예배 때는 어떤가요 ?

윤 양 : 그 때는 저를 가까이서 다 보고 있고, 틀리면 안 되잖아요. 그리고 규모가 큰 것도 아니어서 두 명이 바이올린을 연주하는데 제가 틀리면 다 어그러지거든요.

10장 나 자신이 치료자가 되는 법
•

치료자 : 아직도 대예배 때는 '사람들이 모두 나를 지켜본다, 내가 틀리면 다 어그러진다'고 생각하시는군요.

윤 양 : 네, 그게 아니다 싶으면서도 그런 생각이 남아 있는 것 같아요. 그렇지만 다른 때에는 이제 많이 괜찮아졌어요.

치료자 : 꼭 대예배 시간을 다른 때와 특별한 것으로 생각해야 할 이유가 있나요?

윤 양 : 그런 건 아니지만, 그래도 사람들도 제일 많이 모이고 하니까…

치료자 : 정말로 대예배 때 사람들이 다 윤양을 지켜보나요? 실제로 그럴까요?

윤 양 : …예, 좀 더 생각해봐야겠어요. 그렇게 물으시면 사실 그건 아닐텐데 제가 왜 그렇게 긴장하게 될까요.

치료자 : 사람들이 나를 지켜보고 잘 하나 못 하나 평가할 거라는 생각을 하니까 아무래도 부담이 되는 게 아닐까 싶어요.

윤 양 : 예, 아직도 그런 부분이 남아 있나봐요.

치료자 : 그래요. 이제 그 부분은 윤양이 스스로 노력해야 할 부분이에요. 다른 상황들은 그런 대로 극복이 되셨잖아요. 대예배라는 상황도 다른 상황과 그다지 큰 차이는 없어요. 규모가 조금 더 커질 뿐이에요. 대예배 때 약을 안 먹고 연주하는 것을 숙제로 안고 가시네요. 약이라는 게 일시적인 도움은 주지만, 한번 약에 빠지게 되면 이래서 더 끊기가 어려워지죠. 앞으로도 계속 노력해보세요. 그리고 또 한 가지 말씀드릴 것은 여러분이 이번에 하신 것은 집단 프로그램이기 때문에 사실 개인

적으로 가진 문제들에 대해 충분히 다루지 못한 점이 있어요. 윤양에게도 그런 점이 맘에 걸리는데, 지난 번에 어렸을 때 힘들었던 경험에 대해서 잠깐 말씀하신 적이 있으시잖아요. 쉽지 않은 얘기를 내놓으셨는데 충분히 그것에 대해 이야기 나눌 기회가 없어서 아쉬웠어요. 그런데 그런 경험은 개인에 따라서 아주 중요한 것일 수 있거든요. 그래서 권하는 건데, 이번 집단 프로그램이 끝나고 개인적으로 상담을 받으시면 좋겠다 싶네요.

윤 양 : 개인상담이요 ?

치료자 : 예, 집단상담이 모든 것을 다 해결해주는 것은 아니거든요. 특히 우리는 사회공포증을 치료하려는 목적으로 집단치료를 해왔기 때문에, 윤양 말고 다른 분들의 경우에도 개인적인 어려움들을 상세하게 못 다룬 측면들이 없지 않아요. 특히 윤양의 경우 어렸을 때의 경험이 사회공포증과 연결되는 부분이 있는데, 그 부분에 대해서 충분한 이야기를 나누지 못했던 것 같아요. 만일 본인에게 힘든 부분으로 계속 남아 있다면 개인상담을 통해서 좀 더 도움을 받으면 좋으실 것 같아요. 또 다른 분은요 ?

이 군 : 저는 냄새난다는 문제로 많은 고민을 했었는데 집단상담을 하면서 많은 도움을 받았어요. 이제는 그 생각을 잊고 살 때가 점점 많아지고 있거든요.

치료자 : 정말 다행이네요. 이 상태가 잘 유지되었으면 좋겠네요.

이 군 : 저도 그래요. 어떻게 하면 이 상태를 잘 유지시킬 수

있을지 좀 알려주세요.

치료자 : 냄새가 난다는 데 너무 매달려 그것을 치료해야지 하고 온통 신경을 거기에만 집중할 게 아니라, 지금 이군이 하는 것처럼 다른 활동들을 열심히 해보세요. 그게 쉽지는 않겠지만, 오히려 혼자 있는 시간을 줄이고 다른 일에 몰두하는 시간을 늘려보도록 하세요. 다른 일에 몰두해 있는 동안 냄새난다는 생각을 잊었었다는 것을 본인이 느끼게 되면 그것 자체가 많은 도움이 됩니다.

이 군 : 예, 저도 이 프로그램을 하면서 그런 경험을 하고 정말 신기하다 생각했어요. 내가 냄새난다는 생각을 잊을 때가 있다니, 그게 너무 이상한 거 있죠 ?

치료자 : 예, 그런 경험이 한 번 두 번 쌓이다 보면 내 문제를 극복할 수 있다는 자신감이 생기게 될 겁니다.

위의 예에서 볼 수 있듯이 이 프로그램이 끝났다고 해서 사회 공포증이 완전히 없어지는 것은 아닙니다. 좋아진 부분도 있고 아직 미진한 부분도 분명히 남아 있을 것입니다. 여러분은 이제 스스로 치료자가 되어 미진한 부분을 고쳐나가야 합니다.

나 자신이 치료자가 되기

여러분은 이 프로그램을 통해 사회공포증을 극복해가는 지름길을 배웠습니다. 혼자서 오랜 시간 걸릴 수도 있었던 것을, 치료자와 함께 가장 빨리, 그리고 가장 정확하게 목적지에 도달하는 방법을 익힌 것입니다.

이제부터는 이 프로그램을 통하여 습득한 여러 기법과 방법들을 여러분 스스로 활용해야 할 때입니다. 앞에서도 강조하였지만 이제부터의 성과는 전적으로 여러분의 노력 여하에 달려 있습니다. 하지만 그렇다고 해서 너무 걱정할 필요는 없습니다. 이미 여러분은 어떻게 하면 사회공포증이 완화되는지 충분히 배우고 익혔기 때문에 지금까지 알고 있는 것들을 잊지 않고 계속적으로 활용하기만 하면 됩니다.

예상되는 어려움에 대처하기

　여러분이 노력하는 과정 중 언제, 어디서나 좌절할 만한 일들은 생길 수 있습니다. 생활하다 보면 예기치 못한 상황에 부딪칠 때도 있을 것이고, 평소에는 잘 하다가 우연히 실수하는 경우도 있을 것입니다. 이렇게 갑자기 생기는 어려움에 잘 대처할 수 있기 위해, 어려움을 겪을 수 있는 상황을 미리 예상해보는 것이 필요합니다. 그렇게 하면 그 상황이 닥쳤을 때 좀 더 잘 대처할 수 있을 것입니다.

　윤양의 경우는 앞으로 연주회에서 얼마나 잘 할 수 있을까 하는 걱정이 있었습니다. 또 신부장의 경우에는 진급 후에 상사들에게 진급인사를 하는 상황이 아직도 어렵게 느껴진다고 하였습니다. 이와 같이 각자가 앞으로 어떤 어려운 상황을 만나게 될지 예상해보고 미리 연습해보는 것은 그 상황을 잘 대처하는 데 큰 도움이 됩니다. 다음의 사례를 구체적으로 살펴볼까요?

치료자 : 앞으로 여러분이 부딪칠 일 중에서 걱정되는 일이 있으면 마지막으로 이 자리에서 이야기를 해보도록 하죠.

윤　양 : 저는 앞으로 연주회가 있는데, 사실은 무척 걱정이 되요. 여기 나오면서 사실 계속 걱정되는 부분이긴 한데, 과연 그런 일이 닥쳤을 때 어떻게 될까 생각해봤는데 여기서처럼 잘 할 수 있을까 싶고.

치료자 : 그래요. 사회공포증은 한두 번 두려운 상황에 부딪쳐봤다고 해서 금방 없어지는 것은 아니죠. 그렇지만 여러

분은 여기에서 그것을 극복할 수 있는 비결을 배웠잖아요. 어떤 상황에서든 배운 것을 잊지 않고 차근차근 해보면 예전과는 같지 않다는 것을 알게 될 거예요. 자, 윤양은 연주회가 걱정된다고 했는데 그 상황에 대해 어떤 반사적 생각이 드나요?

윤　양 : 저는 이제까지 계속 반복된 건데 흑백논리하고 강박적 부담이 강한 것 같아요. 우선 연주를 할 때는 악보의 한 구절이라도 틀리면 안 된다, 그러면 사람들이 알아차릴거고, 연주회를 망치게 된다 그런 생각이 자꾸 들어요.

치료자 : 그래요. 이제 인지적 오류를 찾는 데는 선수가 됐네요. 흑백논리와 강박적 부담을 바로잡는 질문을 배웠는데, 아직도 잘 기억하고 계시죠?

윤　양 : 외부에서 하는 연주 때는 그 질문을 저한테 반복하면서 많은 도움을 받기는 했어요. 그러니까 100점이 아니라고 모두 0점은 아니다, 악보 한두 군데 틀리더라도 80, 90점은 된다, 그리고 옆에 있는 연주자도 가끔씩 틀리는데, 그래도 내가 보기에는 훌륭한 연주자다 그런 식으로 생각을 하지요.

치료자 : 강박적 부담은요?

윤　양 : 완벽하게 연주하려고 생각하는 것이 정말로 연주하는데 도움이 될까 생각해봤어요. 사실 훌륭한 연주자도 실수하거든요. 어차피 가능하지도 않은 일에 집착하다 보면 마음만 불안해져서 자꾸 약에 의존하게 되는 것 같아요.

치료자 : 그래요. 기본적인 것은 다 잘 알고 계시네요. 방법은

10장 나 자신이 치료자가 되는 법
•
271

이미 알고 있으니까 이제는 반복해서 직면하고 훈련하는 수밖에 없어요. 그리고 아마 윤양이 지금까지 참석했던 연주회 중 이번이 가장 큰 연주회죠? 떨리는 것은 너무나 당연해요. '잘 해야지'하는 부담을 좀 줄이고 '떨리는 게 당연해', '하는 데까지 해보자'하는 생각으로 임해보세요.

이와 같이 자신이 앞으로 처할 상황 중에 조만간 맞닥뜨려야 될 어려운 상황이 있다면, 그것을 미리 생각해보고 연습해보는 것이 필요합니다. 연습할 때는 언제나처럼, 그 상황에서 생기는 반사적 생각을 탐색하고 이를 타당한 생각으로 바꾸는 것이 가장 기본적인 과정입니다. 그 후 비슷한 상황에 계속 직면해보는 것이 필요합니다.

실패한 상황에 대처하기

우리는 때로 잘 하던 것도 실수하고 못할 때가 있습니다. 연습과 훈련을 통하여 그동안 쌓아왔기 때문에 이제는 할 수 있겠다 싶은 자신감이 생겼는데, 그럼에도 불구하고 다시 실패하고 좌절을 겪을 수 있습니다.

황원장의 경우도 그렇습니다. 황원장은 프로그램을 하면서 손님이나 아랫사람을 대하는 것이 눈에 띄게 좋아졌습니다. 그래서 이젠 웬만큼 자신감도 생겼는데 한번은 슈퍼마켓에 갔다가 계산이 잘못되어 그것을 따지다가 갑자기 얼굴이 붉어지면서 말이 막혀 아주 당황스러운 경험을 했습니다. 집에 오는 길에 황원장은 지금까지 프로그램에서 배운 게 아무 소용이 없는 것은 아닌가 생각했습니다.

앞에서도 말했지만, 좌절은 때때로 우리에게 찾아옵니다. 여러분에게도 황원장과 같은 경우가 생길 수 있습니다. 그러나 이러한 현상은 일시적인 후퇴일 뿐 치료 이전의 상태나 그 이하로 되돌아가는 것은 아닙니다. 여러분은 집단치료의 과정을 겪으면서 사회공포증을 이미 많이 극복하였고, 또 치료되는 과정 중에 있습니다. 때로 실수하고 실패했다고 해서, 여러분이 이제껏 배우고 익힌 여러 방법들을 모두 잊어버리거나 원래의 상태로 곤두박질치는 것은 아니며, 그것은 그저 지나가는 과정일 뿐입니다. 다음에 제시한 그림 중 왼쪽은 치료과정 중에 한번도 증상이 나빠지는 것이 없이 늘 좋아지기만 하는 것을 그림으로 나타낸 것이고, 오른편의 그림은 궁극적으로는 치료의 효과가 좋게 나타나지만 치료과정 중에는 증상이 호전될 때도 있고 악화될 때도 있다는 것을 나타냅니다. 사회공포증이 치료되는 과정 중에 나타나는 증상의 회복과 후퇴는 지극히 당연하고 자연스러운 과정입니다.

그러므로 일시적인 후퇴가 일어난다고 해서 불안해 하거나 좌절하지 마십시오. 계속 앞으로만 나갈 수는 없을 뿐더러 뒤로 한 발 물러나야 보다 멀리 뛸 수 있는 경우도 많이 있습니다. 그러나 만약 후퇴현상이 너무 오래 지속되면 계획을 세우고 진행해가는 데 무슨 문제가 있다거나 연습이 부족한 것일 수 있으니 다시 한

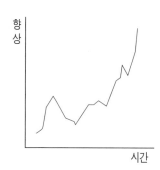

번 본 프로그램을 처음부터 신중하게 살펴보십시오. 그리고 다시 시작하는 마음으로 적용하십시오. 필요하면 전문가의 도움을 청할 수도 있습니다.

이제는 스스로 치료자가 되기 위한 만반의 준비를 모두 갖추었습니다. 용기를 가지고 계속 시도해보십시오. 사회적 상황에 반복적으로 직면을 시도하면서 자신의 생각을 계속 검증해가다 보면 어느 새 반사적 생각들이 타당한 생각들로 바뀌어 있음을 발견하게 될 것입니다. 생각이 바뀌면 행동도 바뀌고 불안도 줄어듭니다. 꾸준하게 노력하기만 한다면 반드시 좋은 결과가 당신을 기다리고 있을 것입니다.

부 록

사회불안기록표
인지훈련기록표
직면훈련기록표

사회불안기록지

날 짜   년   월   일   장 소

상 황

불안지수

0 ‥1 ‥2 ‥3 ‥4 ‥5 ‥6 ‥7 ‥8

전혀 없음   중간 정도   매우 심함

신체반응

얼굴이 붉어진다 _____   가슴이 뛴다 _____

진땀, 식은땀이 난다 _____   손이나 몸이 떨린다 _____

근육이 경직된다 _____   목소리가 떨린다 _____

숨쉬기가 힘들다 _____

기타 신체반응 _____

떠오른 생각

남들이 나를 이상하게 볼거야 _____

잘 해야 할텐데 _____

내가 우습게 보일거야 _____

기타 생각 _____

행동

말을 더듬는다 _____   똑바로 응시하지 못한다 _____

그 자리를 일찍 떠난다 _____   말을 안하고 가만히 있는다 _____

남의 눈에 띄지 않는 구석에 간다 _____

기타 행동 _____

사회불안기록지

날 짜   년   월   일   장 소

상 황

불안지수

       0 · · 1 · · 2 · · 3 · · 4 · · 5 · · 6 · · 7 · · 8

   전혀 없음   중간 정도   매우 심함

신체반응

얼굴이 붉어진다   _____   가슴이 뛴다   _____

진땀, 식은땀이 난다   _____   손이나 몸이 떨린다   _____

근육이 경직된다   _____   목소리가 떨린다   _____

숨쉬기가 힘들다   _____

기타 신체반응 _____

_____

떠오른 생각

남들이 나를 이상하게 볼거야   _____

잘 해야 할텐데   _____

내가 우습게 보일거야   _____

기타 생각 _____

_____

행동

말을 더듬는다   _____   똑바로 응시하지 못한다 _____

그 자리를 일찍 떠난다   _____   말을 안하고 가만히 있는다 _____

남의 눈에 띄지 않는 구석에 간다   _____

기타 행동 _____

_____

인지훈련기록지

상 황	반사적 생각

인지적 오류	타당한 생각
① 파국적 예상 ② 나와 관련짓기 ③ 지레짐작하기 ④ 흑백논리 ⑤ 강박적 부담	(질문:)
① 파국적 예상 ② 나와 관련짓기 ③ 지레짐작하기 ④ 흑백논리 ⑤ 강박적 부담	(질문:)
① 파국적 예상 ② 나와 관련짓기 ③ 지레짐작하기 ④ 흑백논리 ⑤ 강박적 부담	(질문:)

인지훈련기록지

상 황	반사적 생각

인지적 오류	타당한 생각
① 파국적 예상 ② 나와 관련짓기 ③ 지레짐작하기 ④ 흑백논리 ⑤ 강박적 부담	(질문:)
① 파국적 예상 ② 나와 관련짓기 ③ 지레짐작하기 ④ 흑백논리 ⑤ 강박적 부담	(질문:)
① 파국적 예상 ② 나와 관련짓기 ③ 지레짐작하기 ④ 흑백논리 ⑤ 강박적 부담	(질문:)

직면훈련기록지

예상 불안지수	반사적 생각

타당한 생각	실제 불안지수

직면훈련기록지

예상 불안지수	반사적 생각

타당한 생각	실제 불안지수

권정혜

서울대학교 심리학과 학부와 대학원을 마치고 서울대학 병원 신경정신과에서 임상심리 레지던트를 지냈다. 미국 UCLA 대학에서 임상심리학으로 박사학위를 받았으며, 미국 퍼시픽 클리닉에서 임상심리 인턴을 하며 인지치료 수련을 받았다. 귀국 후 서울 인지 치료 상담센터를 세웠으며 현재 고문으로 있다. 고려대학교 심리학과 부교수로 재직하고 있으며 우울증, 사회공포증, 부부문제에 대한 연구를 활발히 하고 있다. 한국심리학회 공인 임상심리전문가, 정신보건 임상심리사 1급 자격증을 가지고 있으며, 한국 심리학회, 미국 심리학회, 미국 행동치료학회 정회원이다.

이정윤

연세대학교 심리학과에서 상담심리학으로 박사 학위를 받았다. 한양대학 병원 및 세브란스 병원 정신과에서 임상심리 수련과정을 이수하였으며, 재단법인 청소년대화의광장에서 선임상담원으로 일한 바 있다. 현재 연세대학교 학생상담소 전임상담원으로 있으며, 연세대학교, 명지대학교 등에서 강의를 하고 있다.
한국심리학회 공인 상담심리전문가 및 임상심리전문가와 정신보건 임상심리사 1급 자격증을 가지고 있다.

조선미

고려대학교 심리학과에서 임상심리학으로 박사과정을 수료하였으며, 강남 성모병원 및 성안드레아 병원에서 임상심리 수련과정을 이수하였다. 현재 아주대학 병원 정신과에서 연구강사로 재직중이며, 아주대 의대 및 심리학과, 평생교육원 등에서 강의를 맡고 있다. 한국심리학회 공인 임상심리전문가 정신보건 임상심리사 1급의 자격증을 가지고 있다.

사회공포증의 인지치료
수줍음도 지나치면 병

1998년 5월 15일 1판 1쇄 발행
2021년 8월 20일 1판 13쇄 발행

지은이 • 권 정 혜 외 공저
펴낸이 • 김 진 환
펴낸곳 • (주) 학지사
　　　　04031 서울특별시 마포구 양화로 15길 20 마인드월드빌딩 5층

대표전화 • 02) 330-5114　　팩스 • 02) 324-2345

등록번호 • 제313-2006-000265호

홈페이지 • http://www.hakjisa.co.kr
페이스북 • https://www.facebook.com/hakjisabook

ISBN 978-89-7548-248-9 03180

정가 7,000원

파본은 구입처에서 교환하여 드립니다.